中国国土资源作家协会重大题材项目

生命在大地上闪光

陈国栋 马 亮 陈国章◎著

海洋出版社

2013年·北京

序一

Foreword

国土资源部部长、党组书记、国家土地总督察 徐绍史

今天，我们怀着沉痛和崇敬的心情，在这里隆重举行大会，追授韦寿增同志以“全国模范国土资源所所长”和“自治区优秀共产党员”荣誉称号，表彰韦寿增同志的先进事迹。首先，我代表国土资源部党组、代表全国国土资源系统的广大干部职工，向韦寿增同志表示沉痛的悼念和崇高的敬意。向韦寿增同志的亲属表示诚挚的慰问！

刚才，郭声琨书记高度评价了韦寿增同志的先进事迹，充分肯定了国土资源系统干部职工为广西经济社会发展作出的积极贡献，号召全区党员干部向韦寿增同志学习，这充分体现了自治区党委、政府对国土资源管理工作的高度重视，对国土资源系统干部职工的关心关怀。借此机会，我代表国土资源部党组，向长期以来关心、支持国土资源管理工作的自治区各级党委、政府及社会各界表示衷心的感谢，向全区国土资源系统干部职工表示亲切的慰问！

参加今天的会议，我们的心情是很复杂的，既为我们失去韦寿增这样一位好党员、好同志感到痛惜；也为国土资源系统涌现出这样一位好干部而感到自豪！在短短的31年里，韦寿增同志始终不渝地默默坚守着内心的操守和信仰，用朴实和大度奏响了

一曲生命的伟大乐章，诠释了一名共产党员对党和人民的无限忠诚，国土资源事业也因他的执着和忠诚而闪耀着人性的光辉，他以实际行动树立起了一名国土资源干部的光辉形象，以无私奉献谱写了一曲新时期国土资源人的时代赞歌。是我们全系统干部职工的精神示范和行为标杆。我们今天追授他“全国模范国土资源所所长”称号，就是要弘扬学习他的先进事迹，激励广大干部职工在岗位上创先争优，走在前，做表率，奋发进取，扎实工作，持续推进国土资源事业不断发展。

向韦寿增同志学习，就是要忠于职守、勇于担当，履行好国土资源管理职责。工作11年来，韦寿增同志始终怀着一种重任在肩的使命感和责任感，克服种种困难，扎根基层，尽责尽职，无怨无悔。在很长一段时间里，他一个人挑起了全乡100多平方公里国土资源管理的重任，保护耕地，整治矿山，排查地灾隐患，调处土地纠纷，双脚踏遍了安宁乡的山山水水、角角落落。他以经得起历史的考验来严格要求自己，一心扑在工作上，在工作第一线积劳殉职。在他身上集中体现了扎根基层忘我工作，无私奉献、舍小家为大家的高贵品格，体现了新时期国土资源人对事业的无限忠诚和奋发进取的精神风貌。我们学习韦寿增同志，就是要像他那样，始终以党和人民的事业为重，履职尽责，创先争优，在平凡的工作中创造不平凡的业绩。

向韦寿增同志学习，就是要牢记宗旨，服务民生，维护好人民群众的切身权益。韦寿增同志常年奔走在边远山区，坚守耕地红线，排查地灾险情，服务广大群众，发生地质灾害险情时，他说“这里危险，让我先上”，并及时疏散群众，成为乡亲们生命财产的“守护神”。在征地拆迁工作中，他精心测量土地，不让群众吃一点亏，发生纠纷时他总是出面调解，说“见困难就躲，还当什么党员干部”，韦寿增同志殉职后，他的故事被编成壮乡山歌弹唱末伦，在民众中传唱。韦寿增同志呕心沥血，鞠躬尽瘁，以模范行动践行了为人民服务的宗旨。我们要学习他，就要像他那样，始终怀着对人民群众的深厚感情，怀着造福百姓的强烈责任感，满腔热情做好服务群众的各项工作。

向韦寿增同志学习，就要严于律己、清正廉洁，树立新时期国土资源人的良好形象。韦寿增同志家境贫寒，作为国土资源所所长，手握权利，但他坚持原则、秉公执法、不畏权势，面对金钱的诱惑，各种威胁和责难，从不为之所动、为之所惧，始终保持着一名共产党员的清正廉洁和一身正气，不愧为保护国土资源、维护良好秩序、捍卫国家利益的忠诚卫士。我们学习韦寿增同志，就是要像他那样坚持原则、敢于碰硬，不怕得罪人，始终做到自身硬、自身净，树立和维护新时期国土资源人的良好形象。

同志们，国土资源管理关系到经济社会科学发展，关系到人民群众切身权益。在当前我国快速推进工业化、城镇化和农业现代化的进程中，资源需求刚性上升，资源供给刚性制约，国土资源工作“保障发展，保护资源”的两难方面和双重压力日益突出，任务十分艰巨，迫切需要打造一支敢拼敢闯敢为人先，善治善为善打硬仗，争先创优永不松懈的高素质干部队伍。我们要以学习弘扬韦寿增同志的先进事迹为契机，在全系统营造学先进、赶先进、争当先进的浓厚氛围，要把学习韦寿增同志先进事迹与创先争优工作紧密结合起来，与推进当前学习国土资源管理重点工作结合起来，以韦寿增同志为榜样，以韦寿增精神为动力，引导广大干部职工进一步振奋精神、扎实工作，锐意进取、改革创新，全面提高国土资源保障能力和保护水平，促进经济社会又好又快科学发展。

本文系在追授韦寿增同志荣誉称号暨先进事迹报告会上的讲话

2011年3月25日

序二

Foreword

中共广西壮族自治区原党委书记、自治区人大常委会主任
郭声琨

今天国土资源部、自治区党委在这里隆重召开大会，追授韦寿增同志“全国模范国土资源所所长”、“自治区优秀共产党员”荣誉称号，首先我代表自治区党委、政府向莅临大会的徐绍史部长、王世元副部长表示热烈的欢迎和衷心的感谢！

韦寿增同志是我区在深入开展创先争优活动中涌现出来的先进典型，是国土资源系统的模范榜样，是全区 210 万共产党员的优秀代表。韦寿增同志在短暂的工作中，始终扎根边疆，在平凡的岗位上做出了不平凡的业绩，用实际行动诠释了共产党员的高尚情操，用无私奉献竖立了基层干部的时代丰碑，用年轻生命交出了感人至深的人生答卷，不愧为人民群众的好公仆、共产党员的好楷模、国土资源系统的好标兵。国土资源部、自治区党委追授韦寿增同志为“全国模范国土资源所所长”、“自治区优秀共产党员”荣誉称号，这是对韦寿增同志献身国土事业的高度褒扬和充分肯定。

韦寿增同志的先进事迹感人肺腑、催人泪下，不仅在广西而且在全国引起了强烈反响。自治区党委决定以追授韦寿增“全国模范国土资源所所长”、“自治区优秀共产党员”荣誉称号为契机，把学习韦寿增同志先进事迹作为深入开展创先争优活动的重要内容，在全区广大党员干部中迅速掀起向韦寿增同志学习的热潮。要学习韦寿增同志始终坚持国家利益、人民利益高于一切，干实事、顾大局，忠诚于国家、忠诚于人民，永葆共产党员的先进性，做中国特色社会主义事业的建设者；要学习韦寿增同志始终牢记全心全意为人民服务的宗旨，一心为民，对人民群众饱含深情，积极为民谋利益，做保障民生的实践者；要学习韦寿增同志始终保持昂扬向上的工作激情，身先士卒、恪尽职守，真干、实干、苦干、拼命干，把全身心和精力放在干事创业上，努力在平凡的岗位上，创造出不平凡的业绩，做立足岗位创先争优的践行者；要学习韦寿增同志始终保持廉洁奉公的高尚情操，坚持原则，淡泊名利，无私奉献，不为金钱所惑，不为私情所动，永葆共产党员的本色，做党的优良作风的弘扬者。

同志们，当前我区已进入加快发展的黄金期，实现"十二五"规划的宏伟目标，需要更多像韦寿增同志那样的党员干部带领群众奋勇拼搏，全区各级党组织和广大党员干部，要以韦寿增同志为榜样，更加紧密地团结在以胡锦涛同志为总书记的党中央周围，奋勇争优、扎实工作，努力创科学发展之先，争社会和谐之优，为富民强桂新跨越作出更大的贡献。

谢谢大家。

本文系在追授韦寿增同志荣誉称号暨先进事迹报告会上的讲话

2011年3月25日

目 录

年仅31岁的国土所长，枕着装满资料的文件袋沉沉睡去，累倒在自己钟爱的工作岗位上。短暂生命里的11年时光，全都挥洒在那个边陲山乡的沟沟坎坎。而如今，十里八乡曾为他挥泪壮行的父老乡亲，依然惦着他、念着他，把他的故事写成词、谱成曲，用歌声口耳相传。每每唱起，叹唱者声泪俱下，听闻者感伤不已……

韦寿增，广西壮族自治区靖西县安宁乡国土资源所原所长，一名普通的共产党员，一位年轻的少数民族干部，始终默默坚守在边远山区的基层岗位上，没有留下什么丰功伟绩，没有说过什么豪言壮语，可为什么就能让那么多人不舍，令那么多人难忘，被那么多人牢牢记在了心坎里？

不管春夏秋冬，这辆老掉牙的、时不时会抛锚罢工的摩托车，都会出现在这崎岖蜿蜒的山路上，不辞辛劳而又小心翼翼地行驶着。无论暴雨倾盆抑或是狂风大作，无论烈日当空抑或是电闪雷鸣，远方层层叠叠的山峦与眼前这弯曲坎坷的道路，仿佛已经成为韦寿增生命历程中已然固化了的背景——因为每一项业务工作的开展，对韦寿增来说，都意味着在这万重大山中的长时间艰辛跋涉。

11年一直坚守在大山深处的韦寿增，就是这样呕心沥血不遗余力的，用心丈量着这一百多平方公里的土地。尽管他长年一个人默默地行走，但是他的胸膛间却激荡着大山内外的心声；尽管他身躯矮小，但是他却在党和人民之间牵起了一条血脉相连的纽带。他朴实如石，却又挺立如山，就像高山上的一道脊梁，用无声的力量坚守着心中那一个朴素的信念。

1. 守护这片乡情的土地
2. 山川沟壑中每一个角落，都留下他终年不断的足迹
3. 一天的征程
4. 上面千根线，下面一根针
5. 再不起眼的工作，他也求尽善尽美

眼前的景象着实骇人，房屋几乎都被砸成了碎片，原本空旷的平地上“长”出了像小山一样高的土石堆，还有东倒西歪或是被齐腰斩断的粗壮树木……所有的村民都被惊呆了，好半天都没有说出一句话来——这呼啸而来的可怕的泥石洪流，足足有3000多立方米！

要是没有提前防备、及时撤离，这么多鲜活的生命，可就都被淹没在这无情的泥石之下，根本没有生还的可能！但正是因为有了韦寿增的冒险查看与果断决定，山下这24户人家115位村民，甚至连他们的牛羊牲畜，此刻全都安然无恙！所有的村民都不由得感慨地说：“感谢小韦，要不是他，只怕我们全村人早都被埋在这山底下咯！”

1. 要是没有他，只怕我们全村人的性命都保不住
2. 这里太危险，还是让我先上
3. 这呼啸而来的可怕的泥石洪流，足足有3000多立方米
4. 我们所做的工作与生命有关，容不得半点马虎

一套老旧的木桌椅，一个满是斑斑锈迹的文件柜，就是这个国土资源所所有的家当了。紧靠着窗口的办公桌矮小破旧，但高高堆放在桌

“年轻人啊，我们在这里活了几十年了，这块地该种什么，你还能比我们清楚？要是种烟，万一将来卖不出去只能拿去喂猪，恐怕猪吃了都嫌嘴巴苦呢！”话很难听，可韦寿增却不急不恼，为了打消大家的顾虑，他当场说：“技术方面由我全部负责，要是烟种下卖不出去，我给你们赔钱！”

看着眼前这个扒心扯肝的要让大家过上好日子的小伙子，村里人下定了决心整理苗圃、烟地。2007 年到 2008 年，全村破天荒第一次种下了 250 亩烤烟，当年就获得了每亩 2500 多元的经济效益，比原来种植玉米时的收入整整多了近 10 倍！

看到韦寿增位于地州乡甘荷村的老屋时，我们沉默了。

这个家狼狈不堪：这栋已经历了 70 多年风雨的土屋，是村里最老旧的房子。屋顶和外墙到处是破洞，屋内光线暗沉，地上、床边甚至在蚊帐的顶部，都摆放着用来接雨水的盆子。妹妹的卧室是从大堂切分出去的一个狭小空间，没有床，席子就铺在木质地板上．脚下的木板颤巍巍的，似乎只要稍稍用劲就能踏破。除了昏暗的电灯，那一台小小的黑白电视机，就是这个家里唯一的电器了。韦寿增的父母、84 岁的爷爷和 85 岁的姑婆（爷爷未出嫁的姐姐），以及患病生活不能自理的大妹，一直就住在这里。

韦寿增的家人也不是没对他有过一点怨言：“只不过是在自家的宅基地上翻盖房子，你作为一个国土资源所所长，难道就没有一点办法吗？”韦寿增的内心不苦吗？苦。哪个哥哥不疼妹妹，哪个儿子不愿让家里的父母老人过得幸福快乐一点？哪个父亲不想让女儿有更优越的生活条件？但是，当要圆满这种亲情就可能要动用手中的权力时，韦寿增宁愿自己承受生活的重担。

2011年8月29日，中共中央政治局常委、国务院副总理李克强同志对韦寿增先进事迹作出重要批示，对韦寿增同志“扎根基层、一生奉献”的事迹给予了高度评价，同时对广泛宣传和深入学习韦寿增的先进事迹提出了新的要求。

韦寿增身上折射出来的质朴而崇高的精神，正在成为全国各级党组织和党员创先争优的价值取向，先进典型的示范带动作用正在不断释放和扩散，为全区各行各业深入推进创先争优、引领社会风尚注入了强大的动力。一个韦寿增，牵动着千万个继续坚守工作在国土岗位上的国土人。韦寿增的先进精神和事迹表明，使命和责任有时不是一种硬性的宣传和空泛的口号，只有行动，才是最无声的宣传。国土资源，只有守护，才会继续滋养和造福一代代人。

前 言

写满大地的赤诚

年仅31岁的国土所长，枕着装满资料的文件袋沉沉睡去，累倒在自己钟爱的工作岗位上。短暂生命里的11年时光，全都挥洒在那个边陲山乡的沟沟坎坎。而如今，十里八乡曾为他挥泪壮行的父老乡亲，依然惦着他、念着他，把他的故事写成词、谱成曲，用歌声口耳相传。每每唱起，叹唱者声泪俱下，听闻者感伤不已……

韦寿增，广西壮族自治区靖西县安宁乡国土资源所原所长，一名普通的共产党员，一位年轻的少数民族干部，始终默默坚守在边远山区的基层岗位上，没有留下什么丰功伟绩，没有说过什么豪言壮语，可为什么就能让那么多人不舍，令那么多人难忘，被那么多人牢牢记在了心坎里？

韦寿增

“今天，我们怀着沉痛和崇敬的心情，在这里隆重举行大会，追授韦寿增同志以‘全国模范国土资源所所长’和‘广西壮族自治区优秀共产党员’荣誉称号，表彰韦寿增同志的先进事迹。我代表国土资源部党组，代表全国国土资源系统的广大干部职工，向韦寿增同志表示沉痛的悼念和崇高的敬意，向韦寿增同志的亲属表示诚挚的慰问。”

2011 年 3 月 25 日，广西南宁，由国土资源部、广西壮族自治区党委共同举办的追授韦寿增同志荣誉称号命名表彰大会暨先进事迹报告会上，当国土资源部部长、党组书记、国家土地总督察徐绍史低沉坚定的声音响起时，全场一片肃然静默。

会场寂静，但思念和敬意却在悄然流淌。当韦寿增的同事和亲人们深情讲述起他的动人事迹时，这思念更是浓厚得能在空气里凝结起来。极力按捺的哽咽声和七尺男儿悄然拭泪的场景，不时出现。

有人仰头长吁，有人低声感叹，人们心里的话是一样的：“不同的岗位，同样的使命，韦寿增——这位国土资源战线上的优秀战友，他用生命诠释价值的闪光人生历程，值得我们每一个人尊敬，更值得我们每一个人去用心学习。”

对于这位年轻的国土资源所长，徐绍史部长毫不吝惜他的褒扬。就是在此次会议上，他满怀深情地说：“韦寿增同志用年轻的生命诠释共产党员对党和人民的无限忠诚，以实际行动树立起国土资源干部的光辉形象，以无私奉献谱写一曲新时期国土资源人的时代赞歌。我们，永远怀念这位优秀的国土资源人。”这缓慢低沉，但却格外坚定有力的声音，在会场的上空和听众的心中久久回荡。

作为一个部长，徐绍史是在表彰他最骄傲的士兵。

同样给予这个年轻人以极高评价的，还有广西壮族自治区党委书记、自治区人大常委会主任郭声琨。郭声琨在讲话中说：“韦寿

国土资源部部长徐绍史将“全国模范国土资源所所长”证书交给韦寿增的妻子

增同志是广西在深入开展创先争优活动中涌现出来的先进典型，是全自治区210万共产党员的优秀代表。他始终扎根边疆，在平凡的岗位上作出了不平凡的业绩，用实际行动诠释了共产党员的高尚情操，用无私奉献竖立了基层干部的时代丰碑，用年轻生命交出了感人至深的人生答卷，不愧为人民群众的好公仆，共产党员的好楷模，国土资源系统的好标兵。”

作为广西这片土地上的最高长官，郭声琨同样把最高的赞扬给予了为这片热土付出了赤诚生命的壮族好小伙。

也正是在这个会议上，徐绍史部长和郭声琨书记分别将“全国模范国土资源所所长”和“广西壮族自治区优秀共产党员”荣誉证书，郑重交到了韦寿增的妻子——赖曼芳的手中。

当赖曼芳双手接过红色证书的那一刹那，会场内的上千名听众不约而同地用力鼓起了掌，整个会场大厅爆发出持久而热烈的掌声，这掌声如奔涌的潮水浩荡而来，伴着泪水，和着敬仰，以壮阔的力量激荡着每一个人的心灵，久久不曾平息。

这一刻，被在电视机旁收看现场直播的全国200多万观众所见证；

这一刻，通过红网、千龙网、四川新闻网、南方网、广西电视网等70多家省市重点新闻网站，传递给全国千千万万的网友；

这一刻，更被《人民日报》、《中国国土资源报》、《广西日报》等数十家中央、省、市各级报刊媒体所记录，传递给千万的全国读者……

有的观众留言说："为什么他的离去牵引着这么多的目光？为什么他的离去让这么多人潸然泪下？为什么一个如此平凡、如此朴实的基层国土资源人会有这么好的口碑？在聆听韦寿增的先进事迹

广西壮族自治区党委书记郭声琨将"广西壮族自治区优秀共产党员"称号交给韦寿增妻子

后，我解开了心中所有的疑惑，找到了答案——因为他心中装着这片土地，装着这片土地上的群众。”

有的读者动情地评论道：“我也偷偷地哭了。哎，咱大男人，哭什么啊？可是由不得自己了。在电视上看到，现场很多人都在偷偷地抹眼泪。‘追授’两个字，让我心里无比悲切。长期以来，社会大众更多的是关注国土部门个别人腐败的问题，没有看到这个部门在保障发展和保护资源工作中作出的巨大贡献，没有看到国土人在完成国家赋予神圣使命背后的隐忍艰辛。韦寿增用生命诠释了他肩负的责任，他是千千万万扎根基层、默默奉献的国土人的杰出代表。”

还有的网友不胜唏嘘，蘸着泪水写下了这样如歌的文字：“31岁的生命正该在阳光下拔节，31岁的路正该鲜花盛开，31岁的笑容正该热烈而灿烂。但，31岁的韦寿增，一位普普通通的国土资源所所长，却累倒在工作的岗位上。他用从不停歇的脚步丈量着这里的每一寸土地，用他的质朴无华谱写了一首生命的赞歌，用他短暂的一生，书写了一个大大的‘人’字……”

就在报告会结束后的短短3个小时里，如潮般涌来的数千条火热滚烫的网友感言，30多万个相关页面，足以证明许许多多熟悉或者陌生的普通人，对这位年轻人所抱有的沉甸甸的尊重与敬意。

然而，就当韦寿增在他长年工作的山乡地头永远地闭上双眼时，这个年轻人可能丝毫没有意识到自己有什么特别之处，他可能仍然一如既往地认为，自己只是忠于岗位、恪尽职守，只是保持清廉本分、听从于内心的召唤，只是认认真真、踏踏实实地做好了自己该做的工作。

“这都是我应该做的。”在生命的最后一刻，韦寿增平日里常说到的这句朴实平淡的话语，可能依然还在他的心中萦绕。

的确，自参加工作以来的11年时光里，作为一名普通的共产党员，一位年轻的少数民族干部，韦寿增没有留下什么丰功伟绩，没有说过什么豪言壮语，只是始终默默坚守在边疆地区最基层的岗位上，然而，这正是这一位国土资源战线上“平凡者”的伟大之处——

把伟大的人生理想融入到平凡的具体工作中去，踏实用心去做好每一项本职工作，哪怕完成的只是螺钉螺帽的工作，也依然会推动我们整个国土资源事业前进的步伐。

为了维护国家利益，他跋山涉水、不辞辛劳、依法履职、重拳打击违法占地和非法采矿行为，牢牢守护耕地“红线”和国家矿产资源；为了老百姓的生命财产安全，他在弯曲坎坷的山路上辛勤跋涉、洒满汗水，冒着生命危险穿梭在高山低谷，夜以继日地开展地质灾害隐患调查、监测和排查工作，为父老乡亲守护家园，保卫着这一方土地的平安；为了心中的信仰，他坚守一线，始终守护在最偏远、最艰苦的边陲山区，苦干实干拼命干，却从不因工作劳累、环境艰苦而向组织提出过哪怕一句话的要求……

也正是因为如此，当韦寿增把自己最终累倒在他所钟爱的国土资源岗位上之后，他生前守护国土资源、守护群众生命财产安全、守护心灵净土的事迹，就并没有随着时光的流逝被人们所淡忘飘散，而是依然被生活在这片土地上的人们深深记挂着，让那么多人不舍，令那么多人难忘，被那么多人牢牢地刻在了心坎里——

“风呜咽，水垂泪，负荷重，心疲惫，壮志未酬身先归。韦寿增，好儿郎，壮家骄傲人人夸。平凡之人平凡事，点点滴滴为大家。默默奉献心灵美，边疆盛传美韶华……”

这是一首在广西靖西县流传的壮族“末伦”，词曲意切情真，旋律婉转低回。清亮的歌声一从壮族老乡的嗓间淌出来，就如同那百转千回的溪河水，久久徜徉在桂西南的青色山峦与秀美田野间。“末伦”，壮族同胞世代相传的古老曲艺形式，承载着老百姓最为真诚质朴的情感。而今，这样一首哀婉动人的歌曲，却正是为了这位年轻的国土资源所所长——韦寿增而唱。

纷繁的时光就如同奔腾不息的流水，不断冲刷人们的记忆，让许多原本应该刻骨铭心的事情都变得渐渐模糊与淡然。然而，从2010年至今，上千个日子过去了，那十里八乡曾为韦寿增挥泪壮行的父老乡亲，依然惦着他、念着他，把他的故事写成词、谱成曲，用歌声口耳相传。每每唱起，叹唱者声泪俱下，听闻者感伤不已。

老百姓的眼泪很金贵，却也很慷慨，就看是对谁，谁能把老百姓的事当成自己的事，老百姓就会把泪给他，把心掏给他，用口为他树碑。在这片兼具秀美和壮丽的土地上，那田畴碧绿，那曲调悠扬，就连寂寞的山谷里，风也一遍一遍叩响早春的夜晚，把那英雄的故事传说……

第一章

一位国土所长的“生命答卷”

年仅31岁的国土所长，枕着装满资料的文件袋沉沉睡去，累倒在自己钟爱的工作岗位上。短暂生命里的11年时光，全都挥洒在那个边陲山乡的沟沟坎坎。而如今，十里八乡曾为他挥泪壮行的父老乡亲，依然惦着他、念着他，把他的故事写成词、谱成曲，用歌声口耳相传。每每唱起，叹唱者声泪俱下，听闻者感伤不已……

韦寿增，广西壮族自治区靖西县安宁乡国土资源所原所长，一名普通的共产党员，一位年轻的少数民族干部，始终默默坚守在边远山区的基层岗位上，没有留下什么丰功伟绩，没有说过什么豪言壮语，可为什么就能让那么多人不舍，令那么多人难忘，被那么多人牢牢记在了心坎里？

1. 年轻生命的最后一瞬，定格在最钟爱的工作岗位上

2010 年 3 月 29 日，清晨。

位于祖国边陲的广西壮族自治区靖西县，天空中才刚刚闪出一缕晨曦。太阳还没从秀美的山峦后探出头，它那最初几道光芒的温暖跟即将消逝的黑夜的清凉交流在一起，使人感到一种甜美的倦意。

虽然天空中的墨色还没隐去，远远近近的人家依然沉浸在香甜寂静的梦中，但韦寿增已经像往常一样早早就醒来了。他轻轻地收拾好工作包，准备赶往 40 多公里外的工作地点——靖西至那坡高速公路安德段征地现场。

4 个多月前，韦寿增从靖西县安宁乡国土资源所被抽调到靖西县高速公路建设指挥部，负责靖西至那坡段的征地工作。虽然工作的具体内容发生了变化，但和之前在国土资源所一样，“五加二”、“白加黑”的超高工作强度，依然是这个年轻国土人的工作生活常态：每天早上六点多钟起来奔赴工地，夜里七八点才赶回家中，匆匆扒拉几口晚饭，马上又接着加班计算数据、填写表格，几乎天天都要忙到深夜——这还不算最辛苦的，要是赶上当天测量的地块多，有时候甚至要忙到第二天凌晨两三点。

有时候，家里人心疼他，忍不住劝他早点休息，可每次韦寿增都只是轻描淡写地回答一句：“征地是忙，可大家都忙。一个萝卜一个坑，我们个个都得加班啊，否则会影响到进度。”说这话时，他往往还是眼睛紧盯着图纸表格，连手里的笔都不曾放下。

对于这样没日没夜的忙碌，韦寿增和同事们也不是没有过一点“怨言”。提起超长的加班时间，他们有时候还会风趣地拿这开起玩笑：“我们现在心里是只有土地，顾不上国家大事了。因为每晚回到家里时，《新闻联播》早都结束了！”玩笑归玩笑，实际上，没有人

能比在这里土生土长的这群国土资源人，更能深切体会这闭塞交通给乡亲们带来的苦楚，更加满心期盼着高速公路早日开通。

靖西所属的百色地区，属于“老、少、边、穷”山区。历史上，在这片曾经飘荡硝烟、浸透鲜血的红土地上，千千万万的靖西人民为了中国的革命和建设，为了祖国的安宁与和平，作出了巨大的贡献和牺牲。

即使在新中国成立以后，国家其他地区迈入发展的新阶段时，这片土地上的人民，仍在为祖国的和平而不断奉献着。靖西人民不仅在对越自卫反击战中为前线源源不断地输送物资提供支持，在对越自卫反击战结束之后，这里依然是护卫着国家安全的坚实屏障。靖西人民的朴实深情，其实与这块厚重深沉的土地紧紧相连。回望靖西的历史天空，繁星闪烁，耀眼辉煌。

据新中国成立后在县城主山出土的旧石器时代的砍砸器以及禄峒乡大金村等地出土的新石器时代的石锛、石斧、石铲等物推断，远在原始社会，靖西这片秀美丰润的土地上，就已经有人类生存居住。靖西的地处归属和政区设置也相当久远，最早见于《唐书》，建制已有1200多年历史。

靖西县具有丰富的自然资源，已探明的矿产品有锰、硫铁、铝土、红锑、磷、重晶石等18个矿种，铝土矿品位高、埋藏浅、易开采，储量达25亿吨，是目前广西探明的特大型铝土矿床之一。锰矿藏量为2400万吨，硫铁矿546万吨，重晶石300万吨，锰和硫铁已开发并取得效益。水力资源总蕴藏量为10万千瓦，可开发利用为5.76万千瓦。靖西的土特产资源种类更是繁多，名特优产品主要有大果山楂、大香糯、大肉姜、大麻鸭、五趾蛤蚧、灶番、茴油、茶叶、金银花、田七、矮巴等。

除此以外，靖西还拥有极其优质的旅游资源。这里属亚热带季风气候，夏无酷暑，冬无严寒，年平均气温19.1℃，最热的7月份平均在25℃，最冷1月份平均温度在15℃左右，因此素有气候“小昆明”之称。靖西县境内以溶蚀高原地貌为主，山明、水秀，以奇峰异洞、四季如春的自然风光闻名遐迩，所以又有山水“小桂林”之誉，是旅游、度假和避暑的理想胜地。

“地灵”之外，亦有“人杰”，靖西壮族传统刺绣工艺精湛，壮锦、绣球等刺绣工艺品制作精美，靖西于是又素有“绣球之乡”的美称……

但可惜的是，因为重重大山的阻隔，这一切并不为山外的人所知晓，自然也就难以转化为让靖西飞速发展的动力。

在民国三十七年的《靖西县志》中，我们能读到这样一段话：“本县境内西北高而东南低，呈西广东狭之倾斜形……山岭重叠，无数十方里之平原。”荆棘丛生、山石嶙峋，行路难，成为靖西人最深刻的记忆。早些年，靖西人到其他地方办事，路上需要好几天时间。当地老乡们都笑称，“走靖西，山连山，出门爬岭又下坡，上岭能摸月，下坡见龙王。”

如果没有亲身走过坎坷的山路，就无法真正感受到山里人昔日的艰辛。采访中，我们曾经到公路旁边的一处山坡前，试着走上去，竟然看不出哪里有路，到处是乱石，沟沟坎坎，七上八下。不难想到：多少年来，山里所有进出的物品全靠人们肩扛背驮，多少人的青春与汗水洒在了这万千大山的重重阻隔里。

新中国成立后，靖西县的交通发展有了长足的进步，但是，仍然没有一条像样子的高速公路，由于山脉连绵、群山环抱、重峦叠嶂，崎岖的公路只能在崇山峻岭之中蜿蜒伸展，宛如洁白的带子盘缠在葱茏的高山腰间，虽然景色看起来很美，但行车却很险，用当地乡亲们的话说就是：“要问山路险不险，阎王鼻子三瞪眼。兔子爬上又滚蛋，老牛驮粪步步喘。”

路在云中走、云在路中绕，行路之难可想而知，这一点，大大制约了当地物流、旅游等诸多行业的发展。一批批客商热情而来，却抱憾而去，有几多发展良机近在咫尺，却擦肩而过。拥有着丰富资源与勤劳人民的靖西，一直没有迎来它应有的飞速发展期，经济长期滞后，始终裹足徘徊。

行路难，行路难，靖西人民对高速公路可谓是千呼万唤。

所以，此次高速公路的修建，对于当地的经济发展实在是太重要了，它已经成为加快边区基础设施建设，改善边民生产生活条件的一个关键性任务。

韦寿增和同事们自然也深刻地认识到这一点，用他们的话来说就是——“我们现在苦一点，累一点，却是为着老乡们的生活将来能富裕一点，便利一点”——这并非是什么大话空话，好多时候，韦寿增和同事们都会在忙碌工作的间隙，远远地眺一眼高速公路即将穿行的地方，和老乡们开心地聊起“将来有了高速，能在路上省下多长时间”之类的话题。

出门的时间太早，家里人都还在休息，韦寿增只来得及和妻子赖曼芳简单说上几句：“高速公路就要开工了，征地工作不能跟不上，我们这段时间得抓紧。等忙过这一阵，我再请假好好陪爸几天。你也辛苦了，要多注意自己的身体……”因为患有严重的胆管结石，韦寿增54岁的父亲已经住了好几个月的院，但他由于工作太忙，竟从来凑不出一整天的时间陪过父亲。

说完这些，来不及再看亲爱的家人一眼，韦寿增轻轻推开门，小心翼翼地没让门发出一丝响声，转过身，背上沉重的背包匆匆地离开了家。

生命的辩证法一次次告诉我们，有些人，是在生命的早晨就提前进入了下午，随即淹没在那不可测度的夜晚的。谁也不曾想到，这一次踏出家门，竟然就是韦寿增与亲人们的生死别离，而早上对妻子那短短的几句嘱托，竟然就成了韦寿增对家人们的最后关切。

清晨七点钟，在县城边的路口。负责开车的同事农其健远远就看到了早就在这里等着他的韦寿增。

对这个不起眼的小细节，农其健至今记忆深刻："自从我们一起被抽调到高速公路征地办以后，每天，寿增都会准时在这个路口等着我。因为他家和我家离得比较远，差不多有两公里，他不会开车，所以我就劝他，你不要走这么远来这里等我，我开车到你家接你不就行了吗？但是每天一大早，他都坚持走到这个路口等我。我知道，他是怕麻烦我。寿增就是这么一个人，总是为别人想得太多，为自己想得太少了。"

韦寿增上车后，坐到了农其健旁边的位置上。一看到韦寿增苍白疲倦的脸，农其健就知道他昨天晚上肯定又加班到很晚。这几个月来，为了早点把测量结果向群众公示，早点把补偿款发到群众手中，早点让高速公路修通，"通宵达旦"几乎快成为他们的习惯了。

【采访手记】 有句老话，叫“相由心生”。采访中，很多人在描述韦寿增给他们留下的第一印象时，都会说到这么一句——“初次见到韦寿增，就能感到他是个质朴、憨厚、踏实的人”。这是直觉，而直觉往往很准，这也许就是“相由心生”的缘故。韦寿增其实就是这么一个人：一眼瞧过去，就让人觉得这个人老实，值得信任，准错不了。

在同事和朋友们的眼中，韦寿增属于那种在人群中极不显眼的普通人，中等的身材粗粗壮壮，一张黝黑的脸上透着那种自来的淳朴和谦和，说起话来不紧不慢，浓厚的乡音，让他看起来更像是个老实憨厚的普通农民。唯一让人感到有点区别的，是他的目光看起来深邃而坚定，在某些时刻，甚至有些“毫不妥协”的味道。“这让人觉得这人很有些思想。接触时间长了发现，从没见过他有过什么张扬之举，甚至都没有听到过他大声说过话。”

韦寿增会把很重要甚至在别人看来很兴奋的一件事，很平静地从嘴里说出来，一点也没有什么溢于言表之感。而面对再多的艰难与不易，他也同样只如平常，坦然待之。

在靖西秀美丰润的土地上，韦寿增始终默默奉献和坚守着

2. 枕着装满文件的资料袋沉沉睡去

坐上面包车从县城出发，经过 40 多公里弯弯绕绕的山间路，韦寿增和同事们一路摇晃颠簸着来到靖西至那坡高速公路安德段征地现场。

征地工作此时已经进入收尾阶段，找群众核对信息、签字，是这一时间的主要内容。韦寿增所在小组负责的山南村，一共有六个屯，将近八百块地，总共约 1642 亩。

不要小看了这每一块地、每一个数字背后的工作量，那都是要靠韦寿增和同事们一步一步细心丈量，一笔一画认真记录与计算所得来。在坎坷的山路和起伏的山峦间，他们像往日一样辛苦奔波，仔细地与被征地的村民核对前一天晚上加班计算出来的数据，然后继续丈量土地面积，填写现场录入表……

这一天的忙忙碌碌，看起来和平常也没有什么两样。可是，这一天的黄昏，却终究早早地来临了。

下午三点多钟，乘同事农忠伟回单位拿资料的空隙，韦寿增在面包车上枕着装满文件的资料袋睡着了。早春的阳光，就像这个季节里大地的色彩，透彻清爽却并不浓烈，可一旦直直穿过窗户扎进车里，却依然让这个狭小的空间马上变得闷热起来。

在狭小后座上沉沉入睡的韦寿增，并不知道等待他的诡秘的命运和一场普通的睡眠有什么关系，他只是想稍稍休息一下：手头没有干完的工作，文件袋中鼓鼓的资料，脑海中的山水草木，还有沟坎险路、葱绿田野，都在不远处等待着他，等着他去到达，去守护。然而，对于一个视国土资源为生命的人，在自己的睡眠空间里，恰恰给自己的身体安排的空间却最小。

此时，这个年仅 31 岁的年轻人仿佛在过去的许多年里，从来没

在坎坷的山路和起伏的山峦间，留下韦寿增和同事们辛劳奔波的无尽汗水

有睡过这样一个好觉，从来没有哪个时刻能比现在睡得更加安稳，连早春的晚风似乎也在山坡上漫溢开来，惊异地打量着这个沉沉入睡的年轻人。睡眠之谷的香甜，真的能抵御渐渐袭来的暗淡的黄昏吗？

20多分钟后，与韦寿增一同在车上等待的农其健走下了车。他走到车旁，稍微活动了活动，一看时间已经差不多，就转过头对着面包车喊起来：“小韦，起来了！走了，起来了！”

奇怪的是，车里没有传来任何的回应。

怎么回事？韦寿增平常休息的时候睡得并不沉，有时候还不到时间自己就起来了，怎么今天却叫不醒呢？农其健纳闷地走过去，一把拉开车门，却瞬时被车里面的场景惊呆了：韦寿增脸色惨白、昏迷不醒地躺在了座位上，双眼紧闭，眉头紧皱，脸上透出痛苦的表情。

“小韦！小韦！你这是怎么了？”农其健又急又怕，立刻大声喊了起来，同时摇了几下韦寿增——依然没有丝毫反应，眼镜也掉到了车座位底下。农其健更慌了，一边紧紧扶着韦寿增，一边扭过头朝着办公室的方向猛喊：“快出来！快出来！看看小韦怎么了！”

听到喊声的农忠伟急急跑出屋子，车里再次传出一阵近乎于嘶吼的呼唤。农忠伟至今清楚地记得那揪心的一幕：“我看到他的脸色又白又黄的，好像是生了重病的样子，我赶紧抓住他的手，发现他的手还暖，但是却软绵绵地垂了下来。我就想用最快的速度把他送到医院。”

不敢有半点耽搁，两个人像疯了一样把车发动起来，开足马力，朝着乡卫生院急速驶去。几分钟后，伴着一声尖锐的刹车声，车猛地停到了卫生院门口，农其健背起韦寿增，农忠伟在后面紧紧托扶着，两个人一路跑进了急救室。

输氧！打急救针！心脏按压！三名医务人员马上开始了紧急抢救。

农忠伟和农其健在急救室门口焦急地等待着。巨大的担心和焦急，此时就像火一般炙烤煎熬着他们。两个人好半天都没有说一句话，只是坐在椅子上眼巴巴地盯着急救室，在心里面暗暗祈祷着：小韦肯定只是生了什么急病，肯定不会有什么生命危险。

30多分钟后，卫生院院长许绍发一脸疲惫地走了出来。农其健急忙迎上去问：“他怎么样了？”

许绍发没说话，只是摇头。

农其健又问：“他是不是食物中毒了？”

许绍发解释道：“不是食物中毒，食物中毒的症状不是这样的。”

一丝不祥的预感马上涌进农其健的脑中，但他依然执拗地怀着一丝希冀：“那我们马上把他送到县医院去？”

许绍发缓缓摇了摇头，低声说：“不用了，人已经不行了，已经没有生命体征了，马上和你们领导还有他的家属联系吧。”

轻轻的一句话，却宛如一声惊天霹雳，让农其健和农忠伟两个人一下全都懵了。农其健只记得自己的头嗡嗡响，脚也发抖。“怎么，就这么睡了一会儿，怎么就不行了呢？”农其健怔怔地自言自语，怎么也不愿意相信眼前的事实：“在去南坡乡的路上，我们还一起聊天呢！感觉他就是想休息片刻，怎么可能就这样走了？从早上7点钟，看到他在路口等我，到征地现场忙碌，再到下午3点钟最后见他一眼，在这短短的8个小时里，他就这样走了。永远地走了。”

而农忠伟几乎是将整个身子都倚靠在走廊的墙壁上，他机械地掏出手机想要拨打电话，手却在不停地颤抖，怎么也按不准手机上那小小的数字键，拨了好几次才把电话打了出去……

两个小时后，又有几辆车匆匆驶来，停在了卫生院门口，车上是县国土局的工作人员和韦寿增的妻子赖曼芳及几个亲戚。农其健和农忠伟赶紧迎过去，却说不出一句话来，只是含着泪默默地把他们带进急诊室。

寂静的房间里，韦寿增静静躺在病床上，人们静静地围在病床的四周。

沉默，沉默，沉默，依旧是沉默。

无言的深痛的悲伤，就像一把巨大的锤子，一下接着一下狠狠地击打着每个人的内心，抽走了人们所有的力气。在韦寿增的床前，没有人发出半点声音，没有人说半句话，没有人伸出手去掀动他身上的盖被，好长时间，所有人只是静静伫立着，像是生怕打扰了这个年轻人酣甜的沉睡。

更令其他人牵挂和难以面对的，还有韦寿增的妻子赖曼芳。

此时，在一个面对着逝去爱人的妻子面前，世界上所有的语言和安慰都显得太过苍白而无力。大家只能默默地、紧紧地搀扶着她，似乎只有通过这样的方式，才能把心中的温暖和力量一点点传递给她。

瘦弱而文静的赖曼芳，此时却爆发出惊人的气力，她一下子挣开了其他人的搀扶，一步一步走到韦寿增的床前，抖着手，轻轻揭开盖被，似乎不相信地看着眼前这个熟悉却又安详的面孔，然后猛然扑了上去，用尽力气紧紧地抱着，像是生怕一松手，这个人就会离去一般。年轻的妻子继而泣不成声："你这是怎么了？早上出来还好好的。走，回家！我们回家去，回家去……"

这一幕，让在场的人再也抑制不住自己的情感，泪水像决堤一样猛然涌了出来，在每个人的脸上肆意地流淌。

然而，韦寿增的确是永久地睡去了，没有再醒来。这个从不说累的小伙子，最终因劳累过度导致心脏猝死，再也没能睁开双眼。在这个下午黯淡的阳光里，年仅 31 岁的广西壮族自治区靖西县安宁乡国土资源所所长韦寿增，永远地告别了他深爱着的这个世界。

这个年轻的国土人，选择以如此悲壮的方式回归了大地。

【采访手记】有的英雄从枪林弹雨中走来，有的英雄在平实的工作生活中点滴奉献。年轻的韦寿增就是后者，是默默无闻地用赤诚写满大地的英雄。

从在靖西这片热土上出生，一直到最终累倒在自己的工作岗位上，韦寿增 30 多年来生于斯、长于斯，对靖西的一山一水、一草一木都饱含深情，对这方水土养育之情的报答也日胜一日、年愈一年。正是怀着对吾乡吾土的眷念和感恩，这朴素而热烈的情感，让这个年轻人把所有的青春和热忱全都献给了脚下的这片土地。而奉献的过程，也如同他这个人给大家的平朴印象——从无惊天动地，只有点点滴滴。

采访中，有人告诉我们：韦寿增逝世后，帮忙为他操办后事的人们惊讶地发现，这个年轻人居然没留下几张像样照片——对于一个“70后”的年轻人来说，这是难以想象的。但在韦寿增留下的不多的几张照片中，有一张是他充满幸福感的开心笑容。没有留下什么豪言壮语，也没有留下到处传扬的大功大业，但从这个让人动情的笑容中，韦寿增让人看到了一个基层国土资源人的淳朴与自信。

3. “我还得（行），还是干完活再回去，不能让群众白跑一趟。”

“他的确是太忙了，也太累了。”面对我们的采访，熟悉韦寿增的人都流着泪这样说。

31岁，正是年轻力壮的时候，没有谁想过他的身体会有问题，他也从没在同事面前叫过一声苦，喊过一声累。但是，因为连续超负荷工作，韦寿增的健康确实严重透支。

征地组负责人农汉卿，至今还清楚地记得之前的一个场景——

2010年1月13日，正是寒风凛冽的时节。韦寿增正手拿卷尺一路小跑着来回丈量土地。

因为刚下过雨，气温非常低，可韦寿增的头上却不断有黄豆大的汗珠滚落。他一边用袖子擦着汗，一边还不时用手按住胸口，脸上露出痛苦的表情。农汉卿连忙走上前去：“小韦！这么冷的天，你怎么还直冒虚汗？要是不舒服，就先回驻地休息休息。这活，明天再干也不迟。”韦寿增笑着摇摇头：“我还得（行），还是干完活再回去，不能让群众白跑一趟。”说完，转过身又忙碌起来。

农汉卿感慨地说：“自从抽调到高速公路征地办以来，韦寿增几乎没有过一个安宁的休息日。他所在的征地组，负责安德到那坡的征地路，全长21公里，是4个乡镇中征地任务最重的一个乡镇。

而且由于多种原因，别的乡镇征地已经在2009年10、11月份就陆续启动了，可安德的征地工作是到了2010年1月6日才开始启动，整整晚了3个月。而之后就面临着春节，为了赶工期，他们打破了常规，把动员群众和测量土地两个环节并在了一起，什么时候找到征地群众，什么时候就开展作业，24小时连轴转，起早贪黑，没有节假日。

而最让我感动的是，寿增承担的虽然是整个路段中面积最大、任务最重的区域，可就是靠着这样的苦干拼命干，他却是完成得最快、最好的。”

李锦，安宁乡原副乡长，分管国土资源工作。提起好兄弟韦寿增，这个像山石一样刚强的汉子，眼圈一下子就红了，几乎马上要掉下泪来：“乡里的国土资源管理工作本身就很繁重，而最近两年，韦寿增更是有三分之二的时间要放在乡里的中心工作上，所里的许多业务工作，他只能利用晚上和节假日的时间加班加点来完成。韦寿增是我工作上的好搭档，生活上的好兄弟。工作上我很信任他，他对国土资源管理方面的法律法规和政策很精通，做事很细心。有一段时间，他父亲在百色住院，可他只去照顾了几天便赶回来了。我跟他说，多请几天假，好好照顾一下。他说，工作丢不开，只能两头兼顾。平时，他言语不多，只顾埋头干活，并不觉得他有多特别。他离去后，我常常想，这是一个多么难得的兄弟啊。”

安宁乡党委委员、纪委书记陆淑君，对于这个朴实的小伙子也是器重有加。在她眼中，韦寿增热爱生活，一直锻炼身体，只要能闲下来，他总喜欢组织乡里的同事一起打排球。别人打牌的时候，他很少参加，最多是泡一杯茶，背倚着木棉树，安安静静地看一看。更多的时间，他会在宿舍里看书学习——刚刚参加工作的时候，学食品管理专业的他为了尽快熟悉业务，报名参加了法律专业自学考试，除此之外，他把所有能抠出来的业余时间都用来自学国土资源管理知识。

黄绍福，靖西县龙临国土资源所所长，2009 年 9 月和韦寿增等 8 名乡镇国土所所长一起被抽调到靖西至那坡高速公路建设指挥部，负责征地工作。说起韦寿增，黄绍福的评价是：“他是个在工作上不懈追求完美的人。”

一直到现在，黄绍福仍念念不忘那个下雨天：天空中的雨哗啦哗啦下着，韦寿增歪着头，用脖子和肩膀夹住雨伞，测量表摊开在蓝色文件袋上。他左手托着文件袋，右手拿笔，仔细地绘制地形图表，记录数据。其实，要是赶上下雨天，征地办的工作是可以暂停的。毕竟测量属于外业，一脚泥一脚水的，在雨天里十分辛苦不便。可就是碰上这样的风雨天，韦寿增也从来舍不得休息，他说，一是征地的工作量大，能抓紧就抓紧，二是群众都出来配合我们的工作了，他们也是在雨中淋、泥里走，我们不能让他们白跑一趟，累一点就累一点，这是应该的。”

“韦寿增的工作效率特别高，他丈量的宗地不仅数量特别多，而且面积也特别大，因为要计算好白天丈量的面积，他几乎每天都要加班到深夜，所以白天我常看到他的眼里布满血丝。有时候我们会在车上聊会儿天，可每次他还没说上几句，就因为太疲倦而睡着了。”农其健，靖西县渠洋镇国土资源所所长，和韦寿增一样，也是被抽调到公路征地办的。直到现在，一回想起 2010 年 3 月 29 日那天与韦寿增一同工作的情景，农其健的心还是“像针扎一样难受”。

“那天上午在安德镇政府，我和镇里的工作人员把韦寿增加班核查出来的错漏在电脑里进行修改。那时候，韦寿增还在旁边的桌子上计算面积。因为高铁办要求很高，数字多一点少一点都不行，而韦寿增对工作的要求更高，一块地的面积他要反复计算好几遍。

到了 11 点多，我们才把电脑录入的工作做完。镇领导想留我们在镇上吃饭。可是韦寿增说，他刚才又计算好几块地的面积，趁着时间还早，可以去村里面找群众核实、确认、摁手印，因为如果我们去得晚的话，群众有时候就已经出门干活不在家了。就这样，我们几个马上又出发前往三南村。一直到今天，我还在想，要是那天中午我们留下来好好吃顿饭，抽点时间休息一下，寿增说不定就能缓过些劲来，也就不会离开我们了。”回忆起这些，农其健唏嘘不已。

同事农忠伟也还清晰记得韦寿增去世当天的这样一个细节：“就在去乡里的车里，一路上大家聊了很多。因为有人说，听说近段时间县国土系统内部岗位会有些调整。于是，大伙七嘴八舌议论开了，都在猜测着自己的去向，只有韦寿增坐在那里，静静地一言不发。我就问他，韦所长，你工作的安宁乡那么边远，工作任务又这么重，况且你也在那里待了那么多年，这次这个机会，你可以和领导提一提，要求调到近一点的乡镇或者调到县城，这样毕竟离家近一点，也方便照顾家里人啊。韦所长却只是笑笑说：‘还没想过这个事，安宁也好县城也好，在哪里都是搞国土资源工作。况且，边远的乡镇更加需要人。再说我对安宁乡也有感情，是去是留，我听组织安排。’”

韦寿增的此言非虚，一个可以佐证的事实是，从他参加工作的那一天起，一直到他以身殉职倒在了工作岗位的那一刻，韦寿增从来没有提出过调动的申请，更没有提出过任何与个人利益有关的要求。

【采访手记】当艰辛已成平常，人会变得坚强；当艰辛已成平常，微笑和从容会那样动人心魄。有很多事情，你自己没经历过，你内心无法有真切的感受。

当我们听着韦寿增的亲人和同事们回忆起与他一起工作生活的时候，我们每个人都会被他深深感动和震撼，而且是不得不感动和震撼。其实，任何语言都不足以形容此时我们内心的感动。因为在真实的现场面前，文字总是显得如此的苍白。

生命的长度，对于我们每个人来说，都是有限的，在浩淼的时间长河里不过仅仅一瞬，不过是刚刚泛起就已经凋谢的微不足道的浪花而已。然而，生命的深度与广度，却会因为每个人各自生命过程中的所作所为而各有不同。前者难以由自己掌控，后者却可以让自己选择。韦寿增以他短暂但灿烂的一生告诉我们：虽然人们无法将自己的生命无限延长，但是默默的坚守、执著的奉献，却能让生命呈现出更为厚重的质感，散发出非同寻常的异彩。

岁月，能催老容颜，但他的责任、忠诚和无私，将永远不会失落；时间，能冲淡记忆，但他的爱心、信念和人格，将成为我们许多人的楷模。

4. “虽说白发人送黑发人不吉利。但他出殡那天，乡里的人全都去了。”

2010 年 3 月 29 日，距离清明节还有不到一周的时间。

地处旱区的靖西县，虽然少了清明时节纷纷的细雨，但因为天空中漂浮着的厚厚云层，依然显得格外阴郁低沉，就像这个时节中人们内心的思念与悲伤。前来上坟的人，照旧络绎不绝。

妻子赖曼芳望着苍翠的山野和孤寂的墓碑，怔怔地说：“往年这个时候，寿增不管有多么忙，都一定会想办法抽出点时间来，带上全家人一起回老家上坟。可这一次，他再也不能陪伴我们去做这件事了。”

提起儿子，韦寿增的父亲更是难忍悲痛：“28 号晚上，我和他聊天时，还想让他送我去医院输液的，他说他负责的征地任务快完成了，目前还有两户没有签字，明天要去工地再做做他们的思想工作，争取尽快收尾。这些任务结束后，下一步是在县城附近作业，到时就可以多点时间照顾我。”

韦寿增的父亲更难以忘怀儿子给他留下的最后一句话——“他叫我还是坐三轮车去医院，他说他尽量早点赶回来接我”——在生命的最后一天，为了工作，韦寿增忍心让卧病在床的父亲独自一人坐三轮车去了医院，自己却像往日一样忙碌于工作。

韦寿增去世的第二天，他的同事、朋友、亲人从四面八方赶到他的老家甘荷乡地州村，来送这个年轻人最后一程。“韦寿增的年纪小，按照我们的风俗，白发人送黑发人不吉利。但他出殡那天，乡里年纪比他大的干部只要抽得出时间，全都去了。”安宁乡的一位干部回忆说。

韦寿增毕业后，一直是在这个不到两万人口、距县城最远的边陲乡工作，一干就是11个年头。这里许许多多的人，都熟悉并喜爱这个朴实的年轻人，在他们的心目中，韦寿增，这位边陲山区的国土资源所所长，他的一生短暂而崇高，他的生命平凡却厚重；他是平凡朴实的农家娃，他更是为了脚下这片土地献出了青春、生命乃至一切的真心英雄！

如今，南坡乡的征地工作早已顺利结束，就在韦寿增当初倒下的地方，正是一片繁忙热闹的施工景象。脚踩着铺筑的基石，远眺着山峦之外的如火云霞，我们每一个人都心潮起伏，思绪万千，眼前浮现出一幅幅恢弘的画卷，画卷里，有激情，有梦想，斑斓纷呈；有汗水，有泪水，五味杂陈，更有那欢歌笑语，回荡在山谷丘壑间，重叠辉映在我们脑海里——

不久之后，一条宽敞平整的高速公路将从这里贯通，像一条巨龙横游浩荡的河山，逶迤飞跃于崇山峻岭中。到那时，一辆辆满载货物的卡车、川流不息的客车轿车，将风驰电掣，向着百色，向着

南坡乡的征地工作早已经结束，不久之后，一条宽敞平整的高速公路将从这里贯通，像一条浩荡的巨龙飞跃于崇山峻岭之中

省会南宁方向，一路疾驰而去，给当地群众带去更多致富的机遇，给边区经济发展带来更大的动力。

这将是一条实实在在的致富路、希望路、腾飞路！

然而，曾为这一切付出了如歌青春，付出了宝贵生命的那个年轻人，却已经永远看不到那幸福景象了。如今，在他老家甘荷村村后的青青山峦上，在他每年清明带着家人一起上坟的地方，一座新坟显得格外刺眼，而那种难忘与不舍，也就格外令人痛彻心扉！

“守土有责，难呐！”一位在百色老区工作多年，刚调任广西国土资源厅的官员深情感慨。如今城市大发展，社会大变迁，人们看到的是繁华与喧闹，听到的欢歌和笑语，又有多少人能够真正体会，一个基层山区边远小镇的年轻人坚守国土红线是面临如何的艰辛！

是啊，太平盛世，常常会听到有人感慨：我生不逢时，没赶上英雄时代，要不我也会名扬天下！和平年代，普通工作，我们的确都很平凡。但是，伟大，却恰恰寓于平凡之中！

韦寿增就是在平凡工作中作出不平凡贡献的一个范例，他虽然没有什么丰功伟绩，但却在日常生活中传递着道德和信念的力量。他用自己短暂的一生证明，好人就是踏踏实实做人做事，对工作、社会、家庭负责。

韦寿增鞠躬尽瘁、死而后已，用青春热血写就了新时期国土资源人对党、对祖国、对人民、对国土资源事业的无比忠诚；他以坚定的信念，执著的追求，诠释出生命的意义和人生的价值所在，谱写出一曲催人奋进的时代赞歌。

【采访手记】记得在完成采访，临别靖西的夜晚，面对着夕阳下如画的山川田野，我们在想，究竟该用什么样的语言来描述守护着这片土地的年轻人呢？这些天里，与他的朋友和亲人们几乎每天朝夕相处，对这个年轻人的点点滴滴都越来越熟悉，对这个年轻人的佩服与敬意更不断地集聚与沉淀。山区的静夜里，我们在自己的采访本上写下了这样一段话："把光荣与责任绘满八桂大地，用人生与梦想绘出时代坐标。精神之花在寂寞艰辛中绽放，生命之树在执著追求中常青。"

如果说眼泪是一种财富，那么韦寿增无疑是一个"富有"的人，在过去的几年时间里，他让我们太多的人泪流满面。落叶归根是绿叶对大地的承诺，百川奔流是江河对大海的追求，当韦寿增定格31岁的人生历程时，他舍"小我"为"大我"、燃尽自己成就事业的忠诚之魂，亦已悄然铸就。

第二章

大山深处的执著坚守

不管春夏秋冬，这辆老掉牙的、时不时会抛锚罢工的摩托车，都会出现在这崎岖蜿蜒的山路上，不辞辛劳而又小心翼翼地行驶着。无论暴雨倾盆抑或是狂风大作，无论烈日当空抑或是电闪雷鸣，远方层层叠叠的山峦与眼前这弯曲坎坷的道路，仿佛已经成为韦寿增生命历程中已然固化了的背景——因为每一项业务工作的开展，对韦寿增来说，都意味着在这万重大山中的长时间艰辛跋涉。

11 年一直坚守在大山深处的韦寿增，就是这样呕心沥血不遗余力的，用心丈量着这一百多平方公里的土地。尽管他长年一个人默默地行走，但是他的胸膛间却激荡着大山内外的心声；尽管他身躯矮小，但是他却在党和人民之间牵起了一条血脉相连的纽带。他朴实如石，却又挺立如山，就像高山上的一道脊梁，用无声的力量坚守着心中那一个朴素的信念。

1. 守护这片多情的土地

有一种守护，无关乎岁月。

当穿越喧嚣的都市，踏上这一片多情的红土地，翻山越岭，追寻他曾经走过的足迹时，我们蓦然发现，他留给我们的，是一个不屈的脊梁，一个伟岸的身躯，一个坚定的背影……

当人们折服于鹰击长空的苍茫身影时，似乎很少有人去思考它何以会有这样的雄姿，也很少有人能想象它成长过程中的艰辛与欢乐、憧憬与向往。

在中国辽阔的版图上，广西壮族自治区百色市靖西县，只是一个名不见经传的小地方，一个平凡的普通山乡。但对韦寿增来说，这是生他养他的摇篮，也是他成长和奉献的舞台。

我们到达靖西的时候，正逢秋季，一个丰收的时节。在靖西广袤的大地上，一望无际的田野铺陈开来，田野上大片大片的庄稼像绿色或者金黄色的海洋，风过处，波涛阵阵，涌起无边的幸福。

那一排排屹立在田野上的树木，那流淌在旷野中的河流，那飘荡在山野间的歌谣……稻穗轻扬，蛙声和鸣，大地上的故事总是与丰收有关。

这是一片丰饶的土地，这是一片充满希望的土地。

靖西县历史悠久，据出土文物考证，早在新石器时代，已有人类居息繁衍。靖西古属百越之地，秦王朝属象郡。唐朝先后置归淳州（后改为归顺）、安德州，宋先后设温弄州、安德州、归化州，元置归顺州、温州、安德州，明清置归顺州，光绪十二年(1886)升为归顺直隶州。悠远的历史，铸就了这片土地以厚重的灵魂和深沉的禀性。

这又是一片红色的热土，漫长的时光长河里，在保卫家园抗击侵略的斗争中，这里的人民很早就展现出他们昂扬的抗争精神，挺立起不屈的民族脊梁——

明嘉靖年间，出生在靖西那签（今旧州街）的抗倭壮族女英雄瓦氏夫人，在倭寇入侵我国东南沿海的危急关头，不顾58岁的高龄，亲率广西六千俍兵驰骋千里奔赴抗倭第一线，以“誓不与贼俱生”的气概纵马冲锋陷阵，连歼敌兵，打破了倭寇不可战胜的神话，为保国安民立下了赫赫战功。

清同治四年，被赞为“为数千年中华吐气”的“义勇奇男子”刘永福踏上了这片热土，他在靖西县安德乡北帝庙建立起一支名为黑旗军的队伍，后率三百勇士出镇南关（今友谊关），帮助越南政府抗击法国侵略军，“一战而法驸马安邺授首，再战而李威吕分尸，三战而法全军焚灭。”黑旗军的赫赫威名，由此震动天下，传播于海内外。

1930年3月，邓小平等率领工农红八军经过靖西，播下革命火种，从此，靖西有了共产党组织，燃起了燎原的星星之火。1947年6月，桂滇边纵队进入靖（西）镇（边）地区，先后建立健全靖镇、龙湖（硕龙、湖润）两个游击区和地方部队，向国民党反动当局展开全面斗争，在县境内取得了弄逢、荣劳、忠厚等大小几十次战斗的胜利，随后建立了南坡、惠仙、葛吞3个乡民主政府，并于1949年冬取得和平解放。

而在1979年对越自卫还击中，靖西县人民更是为捍卫国家尊严和领土完整作出了巨大的贡献。1979年2月17日，靖西县境驻军奉中央军委之命，对越自卫还击。从靖西县境出国参战部队分别从湖润、岳圩、龙邦、孟麻等地突破越军防线，对预定目标实施打击，完成任务后于3月5日奉命主动撤回。

据记载，“此战期间，靖西县及各公社先后成立支前办公机构，工作队员198人，由各级主管领导担任主任。县抽调1376名干部、职工组织支前工作，城乡群众自发进行各类型服务队（组）为参战人员服务。靖西县支前物资有：粮食294.5万公斤，肉类59.5万公斤，柴火572万公斤，蔬菜173万公斤，肥皂4200箱，木材1000立方米，服装4700多套，棉被5000多床，蚊帐900多床，棉背心4000余件，米袋4000条，竹笪900张。集中全县100辆汽车统一使用，共运送支前物资14万余吨。派出医务人员560人，开设临时救护所6个，救护伤员670人……”不管是上阵杀敌，还是输送物资，不管是流血的牺牲，还是默默地咬牙奉献，靖西人民为了祖国的安宁与和平，作出了难以磨灭的卓越贡献。

虽然昔日的传奇已经淡漠，生命的色彩已经斑驳。但是，那种英雄的传奇，那种高尚的品质，却深深地铭刻在这片古老而厚重的土地上。而在这种文化氛围中，逐渐养成了韦寿增诚实、质朴而又坚韧、抗争的个性特征。

1979年2月，就在对越自卫反击战燃起战火、飘荡起硝烟的时候，韦寿增在靖西县地州乡甘荷村出生了。父亲为他取了一个饱含企盼的名字——韦寿增。这柔弱的生命或许能担当起一家人企盼的希望，在那个夹杂着炮火与硝烟的环境里，健康、平安、长寿，是一个父亲对于儿子最朴实却也最厚重的祝福。

在采访中，不止一个人曾这样感伤遗憾地对我们说，韦寿增名字很好，却没有寿增，也没有增寿，去世时年仅31岁，与他的名字开了一个大玩笑。然而，正是在他有限的人生中，韦寿增以生命和信仰为笔，用忠诚与信仰担当使命，书写并铸就了一段热诚的希望、梦想。他用实际行动诠释了共产党员的高尚情操，用无私奉献竖立了基层干部的时代丰碑，用年轻生命交出了感人至深的人生答卷，让世人永远怀念他！

这标杆，来自于现实，来自于大地，来自于一颗朴实厚重的心灵。

1985 年，韦寿增开始上小学了，踏上了他艰辛却快乐的求知之旅。父亲是一位普通农民，对孩子要求严厉，但又通晓事理，颇有见识。严父的谆谆教诲，让韦寿增从小就铭记了“吃得苦中苦，方得甜中甜”等做人做事道理。从小学开始，韦寿增就一门心思地刻苦学习，孜孜不倦地从书本汲取营养，在幼小的心灵中构筑起自己的精神大厦。

韦寿增和小伙伴们的童年并不安宁，对越自卫还击战后至 1986 年 5 月，越军仍常在中国边境武装挑衅，炮击村庄、农田，肆意制造紧张局势。仅 1984 年 4 月，就先后向靖西县孟麻、新兴、岳圩、龙邦等地区发射各种炮弹 800 余发；5 月 7 日，又向龙邦乡品明村八角屯发射炮弹 497 发。为此，中国边防部队对越军实施炮火还击。驻靖西部队自 1984 年起，至 1986 年止，每年 2 月至 5 月间，在龙邦、孟麻、新兴、岳圩、那廪等地，对越炮击，摧毁越方部分军事设施，歼敌数百名。

但即便在这样的环境中，坚强的韦寿增一点也没有荒废学业。他虽然读不懂这红土地因何而贫穷，读不懂这天灾人祸因何而来，却读得懂书本中的知识，并把知识全部变成自己的智慧。

采访中，我们找到了韦寿增曾经上过的甘荷村小学，因为年久失修，再加上村里的孩子已经全部集中到其他的学校上课，这里早已经残破不堪。说是学校，其实不过是几间寒酸的泥土平房，黄土墙壁满是斑驳，茅草屋顶透着苍凉，教室外已经长出了齐人高的荒草。但是，看着这破旧昏暗的教室，远眺那曲折蜿蜒伸向远方的山路，凭着韦寿增当年老师和同学们的叙述，我们仍能想象出韦寿增和伙伴们当年艰难的求学路——

早上五点多，小寿增就已经从睡梦中醒来，顺着吱吱呀呀的阁楼木梯下到一楼。窗外还是漆黑一片，寒风掠过已经开裂的木门，

韦寿增曾经就读过的甘荷村小学，虽然条件艰苦，却从没影响过他求知的热忱

寿增揉了揉惺忪的眼睛，打来冷水开始洗漱，然后从火盆里掏出两颗红薯——这就是他一天的早餐和晚餐。

每天早上，他和伙伴们都要步行一个多小时，走几里山路到学校上课。要是在冬天，他们甚至要打上火把。山路上，一双双破旧的胶鞋交替领先，肩上的“书包”各式各样，破旧不堪，有的甚至用一小撮茅草代替坏掉的背带；教室里，孩子们书声琅琅，眼睛一直盯着讲台上的老师，握笔的手满是裂痕、老茧；课间，一根跳绳，甚至一根用鞋带接成的“皮筋”，都会让他们乐此不疲地蹦啊跳啊，那就是属于他们的快乐；回到家，他们还不能玩耍或学习，还要用瘦小的身躯帮着父母，一同担起贫苦家庭的重担，喂猪、放牛，做各种各样的农活和家务活，一直忙碌到天黑，只是在深夜的油灯下，他们才能借着昏暗的光线继续看书、学习……

韦寿增的姑姑曾和我们回忆起这样一个小故事，在她眼中，韦寿增小时候是一个很勤快的孩子，但是字写得不好看。有一次，她收到韦寿增的信后，在回信中提到了这一点，让他在学习间隙抽出时间练练字。没想到，再次收到韦寿增的来信时，信上工整大气的字体让姑姑大吃一惊。原来，韦寿增把姑姑的叮嘱放在了心上，专门买了钢笔书法字帖回来勤奋练习，就在这短短几个月的时间里得到了极大的提高。透过片纸只字里，不难发现韦寿增从学生时代开始，就对自己的要求非常严格，而这，也许是他离开校门走上社会面对各种利益诱惑时，家境虽然贫寒而终不移其志的原因。

功夫不负有心人，从小学到初中，韦寿增都是学校和班级里的样板，是老师和同学们公认的模范生。他如饥似渴地编织着求学求知之梦，编织着自己的人生蓝图，仿佛有一条宽广的道路就在眼前，伸向遥远的未来。

也许，在韦寿增美好的求学旅途设计里，大学对他来讲，并不是一个不可触及的梦想。但是，这个山村里的孩子，由于家庭过于贫困，他只能选择读中专，尽快地踏入社会，承担起男子汉的责任。1996年，韦寿增考上了百色民族工业学校，参加工作后，寿增又参加广西大学法律专业学习，并顺利毕业。韦寿增成为村里的骄傲，村里的孩子都以他为榜样，好多人考上了大中专学校，还找到一份不错的工作。

1999年8月，韦寿增参加工作，成为一名光荣的国土资源人。上班前一天，父亲咬牙卖掉了家里的牛，给韦寿增买了一辆摩托车。当时家里的经济情况并不好，可是父亲还是执意要给他买辆摩托车，当时父亲语重心长地说："一是因为你参加了工作；二是骑着摩托车在乡下工作也方便。"这辆摩托车，是一个父亲对儿子的关爱，也是父亲对韦寿增的希望。从那以后，韦寿增就一直骑着那辆摩托车，奔波在安宁乡的村村寨寨。由于工作中爱岗敬业，身先士卒，心系群众，2002年12月，韦寿增被任命为安宁乡国土资源所所长。

从山村中出来的孩子，最终成长为一名年轻的国土资源所所长。

韦寿增终于依凭着自己的才智、睿识、毅力加上勤奋，寻找到了属于自己的光明和希望。

而他更懂得，在漫漫浮云之后，必定有更加灿烂的太阳。

【采访手记】在山村小学结束采访，回到城市已是夜幕低垂，高楼中点点灯光述说着城市的繁华，窗内不时传出人们的笑声。也许他们不知道，在大山深处，还有那么一些孩子，用手中的火把刺破漆黑夜空，点燃他们心中求学的梦想。

“贫穷不见得就是坏事情，它可以锻造一个人的品德和毅力。”多年以后，韦寿增和孩子说过这样一段话：“虽然家境贫寒，但是我们不能放弃希望。只要好好努力，只要不放弃，就最终一定能实现我的目标，一定能成就我的梦想。”

一棵小草，也许永远无法成为参天大树，但它可能做最绿最坚强的那棵，一滴水，也许永远不能像长江大河一样奔腾浩荡，但它可以成为所有水流中最纯、最美的那一滴。一路走来，韦寿增苦乐相伴，真情在永不停歇的脚步中流淌，一路走来，韦寿增执著追求，在点点滴滴的平凡中升华。平凡的他如小草，似水滴，却始终都在风和雨的锤炼中绽放最耀眼的光彩。

2. 山川沟壑中每一个角落，都留下他终年不断的足迹

好多个日子里，在靖西县的安宁乡，每天清晨6点或者更早的时候，太阳就早早地等待着韦寿增上路了。他吃过1元钱能买几个的大馒头或用前一晚剩饭熬成的白粥后，跨上需要“艰难”发动才能骑行的那辆陪伴了他十几年的摩托车，踏上一天的征程。

靖西县地处桂西南边陲，南与越南接壤，总面积3322平方公里，辖8个镇11个乡，总人口62.97万人，居住着壮、汉、苗、瑶等11

个民族，其中壮族人口占 99.4%，为壮族聚居的边境人口大县，沿边有 152.5 公里长的边境线。安宁乡是靖西县最偏远也最艰苦的一个乡，离县城有 44 公里的山区路。从 1999 年 8 月成为一名国土人开始，在这个岗位上，韦寿增已经整整工作了 11 年。

不管春夏秋冬，这辆老掉牙的、时不时会抛锚罢工的摩托车，都会在蜿蜒的山路上不辞辛劳而又小心翼翼地行驶着，无论暴雨倾盆抑或是狂风大作，无论烈日当空抑或是电闪雷鸣，远方的重峦叠嶂与眼前这坎坷崎岖的道路，都仿佛成为韦寿增生命历程中已然固化了的背景——因为每一项业务工作的开展，对韦寿增来说，都意味着坎坷山路上的一段艰辛跋涉。

广西本来就是地质灾害高发区域，靖西更是山多地形复杂，一年当中的许多时间，韦寿增必须翻山越岭，一山一村地实地巡查，对每一个地质灾害隐患点认真标记，然后进村入户进行安全告知，每到形势严峻的汛期，他和同事们昼夜值守，严阵以待，顶风冒雨到预警点蹲点，指挥疏散人员、安置转移群众；趁着在村里的一点点间隙，他还要抓紧时间给需要办证的村民丈量土地或者化解纠纷；接着，是另一项充满危险的工作——采矿点巡查。当地矿产资源富集，非法开采一个晚上，轻轻松松就可收获几千元甚至上万元的回报，因而为金钱拼命的事时有发生。严厉打击频发的偷采行为，成了国土执法工作中最危险但又必须执行的“规定动作”。

忙完这些，夜幕已笼罩边陲群山，吃过晚饭洗完澡，稍作休息，内业工作又得开始了：制定地质灾害隐患排除预案；土地测量数据计算，图表绘制；还要思量如何对付令人头疼的非法开采，繁琐的工作，一般持续到晚上十一点甚至凌晨。第二天，类似的程序重复，一天的忙碌接着另一天的忙碌，无论风吹、日晒、雨淋……

韦寿增这种异常艰苦繁忙的工作状态，其实也正是千千万万基层国土资源人工作生活的一个缩影。乡镇国土所是国土资源管理的前沿阵地，任务繁杂、责任重大，既要承担农村村民建房用地实地测量、审核，又要进行基本农田保护，既要搞好地质灾害防治、动态巡查等，还要配合乡镇做好其他一些中心工作，桩桩件件，不可或缺。为了完成繁重的工作任务，很多国土员的休息时间被大大压缩。不管所长还是所员，常常是从年头忙到年尾，甚至双休日和节假日也要加班加点。

基层国土人面临的困难还不止这些，2011 年 5 月 9 日，《中国国土资源报》刊登的《国土所生存状态调查报告》曾报道过这样的情况："有极少数地区至今没有设置国土所，还存'一人所'、'两人所'的情况，人员不足导致一些国土所形同虚设。还有部分国土所不但没有固定的办公场所，而且人员配置不科学，责权利不对等，办公经费缺乏，人员编制得不到解决，甚至有的国土所连地位都不是特别明确，导致国土员享受不到应有的待遇。与此同时，不少国土所面临'人少、事多、资金紧'3 个老大难问题，在保障发展和保护资源的工作中，承受着巨大压力。现在，我市国土资源系统已全部放弃周六休息，以保证各项任务能在要求的时间内完成。而我所曾多次放弃节假日，加班加点完成各项任务。"报道中，一名江苏的国土员这样说。

尽管如此，如同韦寿增一样，绝大多数国土员，一肩扛着工作压力，一肩扛着生活压力，如同老黄牛一般任劳任怨。

然而，巨大的压力和持续不断的加班，也曾让不少基层国土人感到困惑，甚至心生退意，但就像一位基层国土所所长在看到韦寿增先进事迹后写下的感言中所提到的，"韦寿增的坚守，给了我们每一个国土资源人诸多的启示"——

"在乡镇国土所所长岗位上我也工作十多年了，'你怎么每天

韦寿增在采矿点进行巡查

都有那么多事，那么忙？’平时听得最多的就是这句话。面对家人和亲戚朋友的埋怨误解，有时真想辞职不干了，反正国土所所长也不算什么官，兵头将尾，既无级别也无津贴，工作压力大，还要面临摘帽和问责的风险。韦寿增的先进事迹使我重新树立起面对繁杂工作的信心，寻找到工作动力。忙是国土所所长的家常便饭，如何尽职尽责，忙而不乱，带领全所人员在“双保”工作中创先争优，韦寿增让我想到很多。”

【采访手记】不可否认，近几年，国土所承担了大量工作，而且，基层国土资源管理新情况层出不穷，工作任务越来越重，可是，当有些同志还在抱怨办公条件差、人员少、任务重、工资低的时候，韦寿增已在艰苦条件下扎根基层默默奉献了 11 年；当有些人上班时用闲聊来打发时间的时候，韦寿增却一人当成几个人用，他的工作时间永远不够用，直到生命的最后一刻。

面对繁重的工作，没有坚强的信念和意志是不行的，韦寿增用实际行动无怨无悔地践行着“这都是我应该做的”，为许许多多的人树立了榜样。

“感谢韦寿增。是他，使我重新迸发工作激情。忙是国土资源人的常态，要学会忙而不乱、统筹安排，要在工作中不断提升自身素质，才是应对繁杂事务的王道。是他，使我进一步坚定了尽职尽责的执著，将为国守土的口号落到实处，就是一件件繁杂、基础性的工作，唯有勤奋细致的态度，严谨务实的作风，才使我们在与地方政府打交道时从容不迫、有理有节，才能向北京提交一份份数据翔实的报告。是他，使我学会在孤单中沉静，虽是远离家人、在外奔波，家人的牵挂始终是我工作的原动力。是他，使我警醒，国土资源工作的清贫，不能成为放任的借口，在这个浮躁、功利的现实社会，在各种物质利益的诱惑面前，要始终保持一颗纯粹、高尚的心灵，一种凛然正气。韦寿增，他像是飘扬的旗帜，让我时刻充满力量昂扬向上。”无独有偶，一位西部地区基层国土资源干部在工作日志上写下的这段话，其实也正是许许多多国土资源人共同的心声。

3. 一天的征程

韦寿增去世后，《中国国土资源报》曾派出三位记者，先后四次前往他的工作现场采访，并且重点调查还原报道了韦寿增在 2010 年 3 月 21 日这一天，也就是他去世的前 8 天的一整天的工作生活。

通过这些翔实客观的记叙，这个基层国土资源人异常忙碌的工作生活情况，跃然于纸上——

“3 月 20 日晚上，韦寿增接到通知，按照县国土资源局的部署，他 21 号要回安宁乡进行地灾排查工作，大约要 1 天时间，22 号再回征地现场。当晚，韦寿增给征地小组负责人农汉卿打电话请了假。

3 月 21 日早上 6 点多，韦寿增骑着摩托车踏上了回安宁乡的县乡公路。这个时候，天才刚刚泛白。上午 9 点多钟，到达安宁乡政府，来不及歇一口气，韦寿增马上前往4个地灾隐患点进行排查。靖西山多地形复杂，地质灾害隐患不少。韦寿增先是骑着摩托车走了3公里的路来到百隘村，对一处危岩隐患进行排查。接着又跑了3公里多的山路，去弄普村观察一个滑坡点。弄普村的这个滑坡点在村后的山上，只有一条崎岖小路能到达，连摩托车都开不进。要巡查，只能靠走。韦寿增走了两公里的小路到达地灾隐患点，进行排查后，又走原路下山。这一来一回，足足要两个多小时。下山后，他又马上骑着摩托车赶往12公里外一个叫议论屯的地方，继续察看地灾隐患点。结束了这个地方的工作后，马不停蹄再赶3公里路，去通下村的地灾隐患点进行排查。

4个地灾隐患点排查结束，回到安宁乡，已经是下午两点多钟了。虽然早就过了正常的饭点，但对于韦寿增来说，这已经成为一种习惯。按理说，骑着摩托车跑了大半天，又走了好几个小时的山路，吃完饭后，怎么也该休息一会。可韦寿增扒拉完几口午饭，又匆匆骑上摩托车，赶往位于三合乡的重点项目征地现场。

从安宁乡经县城再到三合乡，有90多公里的路，当天下午4点，韦寿增赶回工地后，没有片刻停歇，马上与同事们一起开始征地丈量工作。农汉卿看到在工地上忙碌着的韦寿增后，十分吃惊，问他：你不是要明天才回来吗？地灾隐患排查辛苦，路又这么远，你怎么不在家歇一歇，明天再赶过来就行了。可韦寿增回答说，时间紧，不能落下进度。直到夜幕笼罩边陲群山，韦寿增白天的工作才算告一段落，他骑上摩托车，往50多公里外的家中赶去。

回到家，已经是8点多钟了，韦寿增一边吃饭，一边与可爱的女儿说几句话，这是他一天中，难得的与家人交流的幸福时刻。但不多久，他就又抱起一摞资料来到父亲的房间，一边陪父亲一边开始晚上的工作：父亲重病在床，可韦寿增因忙于工作，平常根本没有时间照顾父亲，只能靠着把材料带到父亲床前加班的这种方式，来排解父亲的孤单，等父亲睡着后，他又到另外的房间继续工作。制定地质灾害隐患排除预案，计算土地测量数据，绘制图表……繁琐的工作，持续到凌晨。

3月21日这一天，韦寿增骑着摩托车在颠簸不平的县乡村公路上一共跑了220公里，排查了4个地质灾害隐患点，爬了4公里山林小道，又丈量了一宗征地，夜晚还在电脑上录入资料，一天里的十七八个小时，都在忙工作。这一天，无疑是忙碌的，是一直持续工作状态的一天。然而这样的一天，对韦寿增来说也只是他生活里平常得不能再平常的一天。”

在文章的最后，记者这样的深情写道：“我们是乘着车去寻找他的足迹，而韦寿增同志却是骑着他那已经用了十多年、老是在半路上时不时罢工的益豪女式100C摩托车，凭着一双脚走在乡村、耕地保护和地质灾害巡查排查的路上。沿着他所跑过的路径，我们坐着车走了一天，回到靖西县城已经是晚上8点多了。我们就在想，这一天的高强度工作，需要多么健壮的身体和高度敬业精神，才能承受下来。而这样的工作，对他来说是常态化的。

难怪乡领导说，全乡10个村119.3平方公里，1200公顷的耕地保护面积分布他清清楚楚，全乡9个地质灾害隐患点的动态情况他了如指掌，全乡采矿采石点有80处，他处处都掌握。这一切让我们深切地感受到：韦寿增同志是一个扎根基层、恪尽职守、淡泊名利、清正廉洁的国土资源人；是一个有血有肉、有情有义、忠于职守、默默奉献的基层党员干部；是一个为保障边疆经济发展苦干实干拼命干的连机器都知道疲倦、而他却仍在坚持着的‘拼命三郎’……”

泰戈尔曾说：“信仰是个鸟儿，黎明还是黝黑时，就触着曙光而讴歌了。”在人生漫长而坎坷的征途中，只有一个点燃起信仰明

11 年一直坚守在大山深处的韦寿增，始终不遗余力地
用双脚丈量着这一百多平方公里的土地

灯的人才会坚定而从容地工作和生活，才能保有高洁的操守；只有一个点燃起信仰明灯的民族才会有凝聚力，才能有蓬勃生机。

11 年一直坚守在大山深处的韦寿增，就是如此，他呕心沥血不遗余力地用双脚丈量着这一百多平方公里的土地。尽管他长年一个人默默地行走，但是他的胸膛间却激荡着大山内外的心声；尽管他身躯矮小，但是他却在党和人民之间托起了一条血脉相连的纽带。

他朴实如石，却又挺立如山，他就像高山上的一道脊梁，用无声的力量坚守着心中那一个朴素的信念。

【采访手记】有人说，韦寿增做的事，件件平凡。但这些平凡的小事汇聚起来，却是那样的不凡，这就是把有限的生命，投入到无限的国土资源事业之中去。韦寿增生前没有经历过战火的锤炼，也没有惊天动地的壮举。他是平凡的，任何人都可以学到。他又是伟大的，任何人都要努力才能学到。

“如果你是一滴水，你是否滋润了一寸土地；如果你是一线阳光，你是否照亮了一分黑暗；如果你是一粒粮食，你是否哺育了有用的生命；如果你是一颗最小的螺丝钉，你是否永远坚守着生活的岗位？如果你要告诉我们什么思想，你是否在日夜宣扬那最美丽的理想？”

多年前，一个21岁的青年战士，一名叫雷锋的共产党员，写下过这样一段话，多年后，当我们寻找着韦寿增的生命足迹时，却惊讶地发现，这个年轻人，同样以自己的青春与生命成就着这样的“一滴水”。

每个人都是“一滴水”，但要升华为雷锋、韦寿增式的“一滴水”，却必须用信仰去净化，用奉献去呵护，用执著去努力。

4. 上面千根线，下面一根针

国土所的同志是真难。

采访中，靖西县国土资源局的一位领导曾这样感慨地说：“在我们头上至少悬着违法用地、矿山安全生产、地质灾害防治和维护稳定这‘四把剑’。由于任务重、人手少，加班加点超负荷工作在全局已成为常态。与局机关相比，国土所的负重更大，除了头上悬着‘四把剑’外，还有工作条件简陋、环境艰苦、人手太少的困境；在完成所里业务工作的同时，还要把很大的精力放在完成乡里的中心工作任务上。”

安宁乡虽然人口不多，但面积有一百多平方公里，而且地处中越边境，因此环境十分复杂。从2002年担任安宁乡国土所所长起，韦寿增当了整整3年的“光杆司令”，一个人的国土所，却要在这样广袤的土地上承担起这诸多的工作，期间的艰难困苦，可想而知。

上面千根线，下面一根针。基层工作不仅条件艰苦、工作压力大，更有忙不完的事情。如果责任心不强，工作不细心，没有耐心和毅力，是做不好的。但对千头万绪的工作，韦寿增却从不喊苦喊累，而是沉下身去踏踏实实做好手头的每一件事情。

在乡里，安全生产实行的是一票否决制。韦寿增所负责的安宁乡，采石场不仅点多，而且分布面特别广，除此以外，还有经济价值较高的锰矿资源，因此打击非法采矿、确保矿山安全生产，压力巨大。每周，韦寿增必须对辖区内的采矿点和地质灾害隐患点进行1～2次的例行检查，这些地方往往山高路陡，交通不便，巡查一遍至少要花上2天的时间。加上土地管理和上级布置的中心工作，只有一个人的国土资源所，工作量已经是超负荷了，即使如此，他还必须参与乡里大量的中心工作。

2005年，局里考虑到安宁乡的实际情况，终于为韦寿增安排了刚毕业参加工作的谭成望当助手。然而，韦寿增肩上的担子没有因此减轻，反而还更重了——也就是在这一年，他被乡里指派兼任古庞村的挂村干部，一挂就是好几年，直到去世。古庞村是个边境村，有2100人，乡里的计划生育、种植业结构调整、农村教育、危房改造、沼气池建设、扶贫攻坚以及兴边富民工程等工作，每一项工作的联系、协调和落实，韦寿增作为挂村干部都是主要责任人。

可即便面临这么多的困难与不易，韦寿增却从来没有说过一个苦字。

其实，就像乡里有的同事私下里感慨地那样："虽然担子那么重，但是稍微马虎、滑头或者多一些应付，他的工作就会轻松许多。"但韦寿增并没有这样做。从集体土地登记发证、农村土地调查，到地质灾害防治、打击非法采矿；从乡里的计划生育、种植业结构调整，到危房改造、沼气池建设……每一项工作他都做得有声有色、认认真真。

“只要是一名挂村乡干部该做的事，他都做到了，而且做得非常出色。”安宁乡乡长介绍说。“他这个人责任心很强，为人特别老实、随和，尽管国土所是垂直管理单位，但乡里的中心工作他从来不推托，而且任务完成得很好。前年年底的时候，全乡干部民主测评，他的优秀票是最多的。”另一位乡政府同事的回忆，也足以佐证。

2008 年，广西开始实施兴边富民工程，这个工程不仅项目多、涉及面广，而且直接关系到边境群众的切身利益和国防安全，是一项政策性很强的工作。特别是危房改造工程，需要挂村干部一户一户地进行政策宣传和动员。这两年，也是国土资源部门任务最重、压力最大的时期，全国第二次土地调查、矿产资源整治等，任务一个紧接着一个，有的甚至同时进行，压得他喘不过气来。

2009 年 10 月，韦寿增被抽调到县高速公路指挥部负责征地工作。而当时，正是第二次全国土地调查的关键时期，全乡还有 6 个村的地籍资料没有完成电脑录入工作，他把这 6 个村的数百份的地籍资料档案全部带回县城家中，白天外出征地，回家忙完征地内业后，加班录入这 6 个村的地籍资料。

“最近两年，韦寿增不得不把大部分的时间和精力放在乡里的中心工作上，所里的许多业务工作，反而只能利用晚上和节假日的时间来完成。”安宁乡副乡长李锦回忆道：“平常忙完工作，乡里的其他同事大多是用喝酒或打牌来打发乡下枯燥的业余时间，可韦寿增却总觉得时间不够用，大部分时间是待在宿舍里忙工作。”近几年来，韦寿增作为所长、乡干部和挂村干部的三重身份一直没有改变过。每一重身份背后，都意味着忙不完的琐事、难事。特别是在他生命的最后两年，这种压力越来越大。

所员谭成望说：“至少有四年的节假日是韦所长一个人在值班

的。2003年之前，我没有来，2007年和2008年，我被抽调到县里，所里的活又全部变成他一个人干，不管多长的节假日，都只有他一个人在值班。”与此相佐证的是，在安宁乡国土所办公室，我们无意中发现了一张2007年的国庆值班安排表。7天长假，值班人员一栏都是“韦寿增”。

谭成望佩服的不仅是韦寿增的勤勉，韦寿增对于业务的执著追求，更让他念念不忘：“我刚到所里的时候，对业务不很熟悉，韦所长很照顾我，干我们这一行，很多知识和经验都是在实践中积累。韦所长学的是食品和法律专业，也没有学过专门的绘图测量，除了本系统里组织的培训，他的本事都是靠自己摸索总结出来的。但是，他的能力很强，在本系统几乎是年年都拿先进的。”

11年的工作中，是什么让韦寿增克服种种困难，扎根基层，尽责尽职，无怨无悔？是什么让他在很长的一段时间里，一个人挑起了全乡一百多平方公里国土资源管理的重任，保护耕地，整治矿山，排查地质灾害隐患，调处土地纠纷，双脚踏遍了安宁乡的山山水水、角角落落？

没有爱岗敬业的品质，没有全身心投入的精神，这是不可能做到的。只有责任，只有使命，只有信念，才会让一个人的内心如此强大！否则，何以解释韦寿增在岁月的清贫中默默地坚实地踏遍安宁乡的山山水水呢？何以解释韦寿增为了一个简单而又崇高的使命，在大山深谷之中穷尽青春年华？

韦寿增的坚守，其实也是千千万万国土资源人执著坚守的一个缩影。

基层国土人，绝不是像有的人想的那样只是在管管房子管管地，喝喝茶水看看戏，这么片面理解国土资源工作的人，其实连基层国土人在干什么都不知道。

一位在国家土地督察系统工作的年轻人，在读到韦寿增的先进事迹时，曾写来这样一封来信——

“其实，我们和韦寿增有很多相似，都是离开亲人扎根在一线，工作平凡又繁重，生活清贫且寂寞。韦寿增是广西靖西县地州乡人，因工作需要到离家40里外安宁乡国土所工作。长期以来，所里担负着农村土地登记、土地调查、违法占地查处、信访纠纷调处以及地灾防治、矿产资源整治等工作，任务很重。他的家境不好，加上所里办公条件差、工资低，生活很贫寒。我们土地督察人呢，离开家乡几百上千里，来到督察机构所在驻地城市，足迹踏遍督察区域内的省、市、县甚至乡镇；人少事多、工作压头，常常早出晚归，常常出差奔波；过着朴素简单的生活，办公室、食堂、宿舍，身处大都市却远离繁华。寿增，他像是身边的战友，让我感到温暖而亲近。”

可以说，“为国奉献”的国土资源精神基因，其实深深扎根于我们每一个国土资源人。

每一个巡查点，都会有韦寿增辛勤奔忙的身影

国土资源是民生之基、衣食之源、发展之要。几千年来，我们的先民始终把土地作为安身立命之本，对国土资源怀有深厚的情感——从“后土凝德”到“水土养命”，从孔子的“地无私载”到墨子的“地有仁德”，从俚语“万物土中生”到阐释为政之道的“地者政之本也”，无不清晰表达出尊崇土地、珍惜资源的传统观念。同时，人们更是把高贵的道德品性赋予国土载体，以潜移默化的力量，将珍惜与节约的理念植于深厚的中华文脉当中，构成了代代相传的传统“国土资源精神”。

而国土资源系统更是历来重精神，从上世纪80年代以来，打造了诸多功勋卓著的英雄队伍，积累了丰厚宝贵的精神财富资源，特别是以献身地质事业为荣，以艰苦奋斗为荣，以找矿立功为荣的“三光荣”精神，特别能吃苦，特别能忍耐，特别能战斗，特别能奉献的“四特别”精神，不仅激励着几代人前赴后继地为祖国寻找宝藏而无怨无悔，而且紧跟时代不断丰富与发展，源源不断为广大地质工作者提供无私奉献、建功立业的精神力量源泉。

任何一种精神都不是“从天上掉下来的”，也不是“人的头脑中固有的”。“三光荣”和“四特别”都是在特定的历史条件下形成的国土资源事业所特有的时代精神，是社会主义核心价值体系在国土资源行业当中的时代化、具体化、特色化。

而在近年来，随着国土资源部门在科学发展总体布局中的位置越来越重要，作用越来越突出，国土资源人紧紧抓住发展的重要战略机遇期，在科学发展、加快发展、转型发展过程中展现了这支队伍特有的“精气神”——

项目建设工地上，地质找矿山沟里，抢险救灾第一线，抗旱打井现场，农村田间地头，执法监察路途中，无不闪现着国土人忙碌的身影。他们当中，有韦寿增这样为国土资源事业献出了宝贵生命的英雄，更多的，是千千万万爱岗敬业、无私奉献、可亲可敬的国土人。

国土资源人满怀着对事业的无限忠诚和无比热爱，在保障发展、保护资源、勇破“两难”中默默工作，不仅为新时期国土资源精神的提炼提供了丰富素材和可贵实践，更树立了闪光的精神示范和行为标杆，那就是——坚守精神高地，守卫耕地红线，守护群众生命，支撑社会发展，保障资源安全的核心价值观，守护国家利益、守护人民利益、守护心中信仰的职业操守，守土尽责、找矿有功、服务有方、保障有力的思想追求，忠诚、敬业、创新、奉献的国土资源精神。

【采访手记】泰戈尔有一句诗，“埋在地下的树根使树枝产生了果实，却并不要求什么回报”。

与很多先进人物相比，韦寿增没有得到过什么荣誉证书和奖章，甚至不曾说过一句豪言壮语。作为一名基层国土所所长，他从事的是最基础也可以说是最不起眼的工作，默默无闻，不会引起很多人的关注。但韦寿增就像头勤奋而执著的老黄牛，毫无怨言、踏踏实实地干着，将自己全身心地投入到工作中。

也许，这份投入来自于基层国土资源工作面临的巨大压力；但我们想，更多地还是来自于强烈的责任心和对工作的热爱。因为只有最真的爱才会不求回报，只有满怀最真挚的爱，一个人才会由衷地产生强烈的责任心和使命感。

5、再不起眼的工作，他也求尽善尽美

鲁迅先生曾在《中国人失掉自信力了吗》一文中，说过这样几句话：“我们自古以来，就有埋头苦干的人，有拼命硬干的人，有为民请命的人，有舍身求法的人……这就是中国的脊梁。”

脚踏实地地为民族的进步而奋斗的人们，他们就是使中国挺立起来的“脊梁”，从这个意义上来说，中国的脊梁，其实就是那些伟大的“平凡者”。韦寿增，无疑就是这样一位伟大的“平凡者”。

多年来，韦寿增作为所长、乡干部、挂职村干的三重身份一直没有改变。每一种身份的背后都意味着有忙不完的琐事、难事。特别是在他生命的最后两年，工作和生活的重压无处不在。

作为边区的基层干部，“稳边安边”对于韦寿增来说，绝不是一个空泛的口号。“边境国土资源管理所所长”这个工作岗位的特殊之处就在于，它需要这个岗位上的人把自己对工作的责任，切实上升为对国家对人民的责任，需要这个岗位上的人把为国守土这四个字当成信念，灌注在自己日常工作的点滴中。而且，也正是有了像韦寿增这样的边境基层干部们的无私付出，安宁人才有了真正的安宁——

秀美山川、崎岖路上，走着两个身影。

安宁乡古庞村外，中越边境处。寂静的山谷中，回荡着夯地的声音。

陇引720号界碑，一个壮实的身影举着石头在界碑周围夯土。

村支书望着这个壮实的身影，笑呵呵地说：“小韦，这界碑又不长腿，你还怕它们给跑了？”

“被砸得残缺不全，被涂抹得面目全非的事儿还少啊？被搬了家甚至失踪了找不着的也不是没有过！”

“这荒郊野岭的，连条小路都没有，摩托车都开不进来，光走路来回就得两个多钟头。查看一趟，一上午的时间就过去了，值不值得啊？”

“守土有责，这边境界碑巡查可是上级特别强调要做好的事情！界碑是国家主权的象征，有土才有国，有国才有家，这可是一丝一毫偏差也不能有的事情！”

“你说你，还有那么多事情干！地灾隐患点巡查，采矿点巡查……这都等着你呢，咱们古庞村这四个界碑，陇引720、陇开717、陇宠719、陇刷718，你还每月巡查一次，巡完这几个点一天也就去了一大半了，每次巡完下来人都累坏了。你这光杆司令，那么多事情累死也忙不过来啊！”

韦寿增的回答简单，却又掷地有声：“靖西是边境县，南与越南高平省重庆、茶岭、河广三县交界。我们作为边区的干部，这界碑，再累也要巡看，不能马虎应付。”

这个朴实的壮乡小伙就是这样，纯净而不肤浅，憨厚连着忠诚。别人不愿干的活，他干得有滋有味；最不起眼的工作，他也求尽善尽美；别人忘记的角落，被他收入眼底；最普通的人和事，悄悄装在心中。他在艰苦的日子里，在平凡的岗位上，始终默默做着不平凡的事情。

【采访手记】这是一种极其可贵的精神。在广西的边陲之乡，身兼国土所所长、乡干部和挂村干部“三职”于一身的韦寿增，权力没有多大，职责却有很多。马虎、滑头或者多一些应付，他的工作就会轻松许多。但韦寿增并没有这样做。从集体土地登记发证、农村土地调查，到地质灾害防治、打击非法采矿；从乡里的计划生育、种植业结构调整，到危房改造、沼气池建设……

每一项工作他都做得有声有色、认认真真。没有爱岗敬业的品质，没有全身心投入的精神，这是不可能做到的。韦寿增是有理想的，他的理想是更好地推动工作。与一些人的“凌云壮志”相比，他的想法平凡却踏实。他努力丰富自己的知识结构，提高业务能力，在奔忙于琐碎工作之余，始终坚持学习法律和国土资源管理方面的知识。

国土资源系统尤其需要这种寓“伟大”于“平凡”的可贵精神。国土资源管理者肩负着保障发展与保护资源的双重责任，也掌握着管理国家土地、矿产等重要基础性资源的重大权力，职责十分重大。能否运用好国家赋予的权力，履行好职责，众所瞩目，意义深远。每一个国土资源管理者，无论职务高低、职责轻重，都应该有像韦寿增这样看淡权力、忠于职守、尽职尽责的平凡者精神。只有具备了这样的品格、素质，我们的队伍才会越来越纯洁，我们的事业才会越来越有成效。

我们要向韦寿增同志学习，向这些伟大的“平凡者”致敬！

第三章

群众生命的守护神

眼前的景象着实骇人，房屋几乎都被砸成了碎片，原本空旷的平地上“长”出了像小山一样高的土石堆，还有东倒西歪或是被齐腰斩断的粗壮树木……所有的村民都被惊呆了，好半天都没有说出一句话来——这呼啸而来的可怕的泥石洪流，足足有3000多立方米！

要是没有提前防备、及时撤离，这么多鲜活的生命，可就都被淹没在这无情的泥石之下，根本没有生还的可能！但正是因为有了韦寿增的冒险查看与果断决定，山下这24户人家115位村民，甚至连他们的牛羊牲畜，此刻全都安然无恙！所有的村民都不由得感慨地说：“感谢小韦，要不是他，只怕我们全村人早都被埋在这山底下咯！”

1. 要是没有他，只怕我们全村人的性命都保不住

地理形势的突然转换，不仅提供了人类审美的更大可能，而且通常也为人类的生存提供了相对优越的条件，比如海与岸、江河湖泊与平原，往往从一开始就成为了人类最原始的理想栖息地。

用山地与高原在四周环抱，将广袤的平地铺陈于中部与南部，以十万大山与万千江河构筑的广西，便是这样将高大与平整突然并列，用壮阔与秀美调和成蔚为大观的地方。

上苍对于广西无疑是钟爱的。在地球亿万年的演变过程中，大自然慷慨地馈赠给八桂大地以永恒的珍宝——那无尽的奇山异水和珍稀古生物化石等丰富的地质环境资源，使这片土地拥有着“海、湖、江、山、水、洞”齐全的地质遗迹景观，并且还埋藏着诸多种类的堪比黄金般珍贵的巨量矿产资源。

在广西的采访过程中，我们不止一次地攀登在这连绵耸立的山脉之中。攀登过程中很容易出现的回头俯瞰，既是行走过程中的休息，也是行走过程中的审美。随着小路升高程度的加大，身后山与平原相交的广阔全景就一点一点地展开在每一个攀登者的视野之中。在每一个看似简单却极难翻越的山口，艰难攀登过程的汗水会在风里逐渐冷却，不知名的野花带着庞大的山体与层层巨石的馨香，弥漫在逐渐平息下来的呼吸里。

这种被层层大山封闭的奇特环境和山谷中的愉悦，很容易让人将这想像成每一个中国人头脑里固有的“世外桃源”，这“世外桃源”传递着一种神秘的背景，一种诗意的存在，一种诠释着雄伟的自然和人性化生息居所的人类理想，静谧、美好、安然。

然而，人类生活的诗意从来都不是独立于具体的生活历程与艰辛事实之外的东西。就像这多山多雨的地质环境和气候条件，在给

人们提供了这样一个温和湿润版的“世外桃源”的同时，也给这片大地带来了诸多的地质灾害隐患。

广西地处亚热带季风气候区，雨量充沛，夏季本身湿热多雨，而且受台风影响容易产生暴雨。受地形的影响，区内分布有十万大山、大瑶山、越城岭至大苗山三个多雨区和桂南的玉林 — 钦州 — 东兴、桂北的兴安 — 永福 — 大苗山、桂东的昭平 — 蒙山 — 大瑶山及桂西的凌云 — 巴马 — 大明山等四个暴雨中心，暴雨中心日最大降雨量达 110 毫米～600 毫米。同时，广西地貌单元属云贵高原－东南沿海丘陵过渡地带，以山地为主，山地约占总面积 71%，素有“八山一水一分田”之称，大部分山体切割强烈，高低悬殊，山坡坡度大部分大于 30 度，而且岩石裸露，陡壁悬崖。因此，多雨区及暴雨中心区，都是突发性地质灾害多发地区。

崩塌、滑坡、泥石流、地面塌陷……各种各样数量巨大的地质灾害隐患，宛如一把把悬在头顶的利剑，时刻威胁着当地群众的生命财产安全，是乡党委政府、各个村委会干部的一块心头大患。

韦寿增所在的安宁乡就是如此，辖区内环境复杂，有多处地质灾害点和矿山。经过排查，安宁乡共发现 9 个地质灾害隐患点。对每一处隐患点，从防灾预案的制定、监测制度的落实，到避险卡、明白卡的发放以及有多少户群众受到地灾威胁、如何避险等，韦寿增不管其他工作有多忙，都做到亲力亲为，坚持平时每周巡查一次，汛期每周巡查 2～3 次，做到心中有数。为了提高效率，他采取综合巡查的办法，把非法采矿点的监控、土地动态巡查与地质灾害隐患点巡查结合起来，出去一次，尽量把这几个方面的情况掌握到位。为此，常常是白天一大早出去，直到晚上才能回到乡里。每次地灾巡查，他都是靠一双脚走，靠一双眼观察，在地质灾害频发的地段坚守、观测、记录，山川沟壑中每一个角落，都留下他终年不断的足迹。

每年汛期前，他把“地质灾害防灾明白卡”贴在每家每户的大门口，“明白卡”内容乡亲们一看就明白，自己家附近主要地灾是哪类，监测员是谁，预警信号是什么，避灾路线怎么走，安全避险位置在哪里都清清楚楚。提前预防，避免了“事后诸葛亮，事前猪一样”那种猝不及防的被动局面。每到形势严峻的汛期，他和同事们昼夜值守，严阵以待，顶风冒雨到预警点蹲点、指挥疏散人员、安置转移群众。不知有多少个黑夜，在暴雨如注中他挽着过膝裤腿，艰难地打着雨伞，顺着手电筒微弱的光线涉水而上。

2005 年以前，安宁乡国土资源所还是个“一人所”，韦寿增既是所长，又是所员，所有的担子都是压在他一个人的肩上，直到 2005 年后，局里安排了刚毕业参加工作的谭成望给他当助手。回忆

悠然舒美的青山背后，隐藏着数量巨大的地质灾害隐患

起与韦寿增共事时的点点滴滴，谭成望感慨万千：“在他手下干了五六年，感觉他就是亲兄长，既要求严格又对我很关照。他常常告诫我，地灾防治是人命关天的大事，来不得半点疏忽，不要怕辛苦，一定要亲自到现场掌握真实情况，这样心里才踏实。由于白天要巡查的内容多，时间安排得很紧，不少情况来不及当场记录，几乎每次下村回来，他都要加班补写巡查记录。”

对于这所有的困苦劳累，韦寿增从不在意，他常常说：“地灾防治，就是要靠脚和眼睛，每个灾害隐患点的情况都必须用脚跑到用眼睛看到！地灾防治是人命关天的大事，来不得半点疏忽，哪怕我再忙再累，哪怕山再高再陡，我也一定要到现场掌握真实情况，这样心里才踏实。”

11年一直坚守在大山深处的韦寿增呕心沥血，不遗余力地用双脚丈量着一百多平方公里的土地，冒着生命危险穿梭在高山低谷，为父老乡亲守护着家园，保卫着这一方土地的平安。

正如他所说的：“我们多一份警惕，群众的生命财产就多一份安全保障。”

这话，是从他心里淌出来的。

“那天晚上，韦所长还发着高烧，走路都走不稳，可他却硬是一个人，跌跌撞撞着爬到山上去查看地质灾害险情。要是没有他，只怕我们全村人的性命都保不住。”在安宁乡的那冷村议论屯，张文日望着村子背后高耸的山峰，狠狠地吸了一口烟，似乎还心有余悸，虽然时间已经过去了好几年，但是他记忆中的当天场景，依然没有被时光所淡忘。

张文日是村里的地灾隐患点监测人，他所说的那一天，是2008年6月1日。

当晚10点来钟，一直对议论屯后山进行监测的张文日突然发现，山上像是出现了滑坡迹象。“得赶紧通知韦所长！”异常紧张的张文日迅速跑回了村里，拿起电话就拨通了韦寿增的号码，铃声才响了一下就接通了：“韦所长，我们屯后山上的地灾隐患点有情况，已经出现了小指头粗的裂缝！”

“情况紧急，你快按原定的方案，多带几个人，赶快先把人都喊起来，带到空地上去，我这马上就赶过来！”还没放下电话，韦寿增就立马站起了身。因为发烧近40度，韦寿增身体十分虚弱，这天回到家后他十分罕见地没有加班，而是在床上躺下了。

每年一到汛期，韦寿增的神经就绷得特别紧，尤其是他的手机，几乎时刻不离身，哪怕就是睡觉、上厕所、洗澡，也都要放在伸手就能拿得到的地方，以便保持信息畅通，万一发生地质灾害险情时，能够在第一时间接到电话及时处理。有时候，甚至是听到别人的手机铃声响起来，他也会紧张得几乎要跳起来，以为是自己的手机响了，有地质灾害巡查员打来了电话。

“什么事啊？明天去不行吗？你还发着烧，这忙了一天刚躺下就又要走，有天大的事啊？”妻子赖曼芳听到了，忍不住心疼地拉着他说。

“……我们马上就到现场！”韦寿增揣起电话，对妻子说：“不是天大的事，是比天还大的事，人命！”说着，他一路小跑着出了门，马上与乡领导连夜往村里赶。韦寿增十分清楚，下暴雨就像上战场，暴雨引发的泥石流和滑坡，对父老乡亲的生命财产会造成严重威胁。

【采访手记】担当——韦寿增的一言一行，很容易让人想起这个词。

“担当”，在《现代汉语词典》里被解释为“接受并负起责任”。不知从何时开始，担当这个词已经成为一个热门词，频频出现在各种媒体的表述中，官方公文的行文上，还有人们的日常话语中。但在实际上，却很少有人会认真思索过，“接受并负起责任”，其内在的真实含义是什么，“接受并负起责任”，离自己到底是近还是远。只是当电视剧《士兵突击》中的一句对白，“不抛弃，不放弃”，就能触动几乎所有观众的心弦并为之感动落泪的时候，我们蓦然回首，发现能“负起责任”，在当今已经那么难得和稀缺。

当然，我们不能简单地说今天的社会是个缺乏责任感的社会，或者说是个“担当”缺位的社会，但在更多讲求“个人至上”，追逐物质利益和个体享受的现代社会中，“担当”肯定是一种越来越可贵的品质。

“担当”很难吗？韦寿增的事迹告诉我们，有时它并不难，只需要坚定的履行一份义务和职责。“担当”很容易吗？韦寿增的事迹告诉我们，它又的确是不容易，它需要过人的勇气和毅力，还有甘于奉献牺牲。

2. 这里太危险，还是让我先上

这个叫议论屯的小村子，处在群山环抱的一小块平地上，只有一条弯急路窄的小道与山外相连。一到晚上，四周一片漆黑，什么都看不见，夜里走车，稍不注意，就有可能会连人带车滚到山沟里去，后果轻的，车子只是歪在路边，人拉肩扛，把车拉上来后收拾收拾还能上路，要是后果严重的，那就是车毁人亡。

此时天上还下着大雨，原本就不好走的土路，更加泥泞湿滑。在这种路况下驾驶汽车，真可谓“火柴点鸡毛，一划（滑）就玩完”。每到急转弯的大下坡路段，车上的人就都屏住嘴不说话了，生怕打扰了司机，司机小心地挂上低速挡，不断变换着轻踩离合器和刹车，让车一点一点地向前转动，谨慎地转着弯。看得出，司机也很紧张，两手稳稳地把住方向盘，眼睛一动不动地盯着前方。

见此情景，韦寿增故作轻松地笑着说：“嗨，别紧张，你没问题的，只要稳住方向盘就没事！”就这样，漆黑的夜色中，蜿蜒曲折的山路上，小汽车小心翼翼地在崇山中穿行，车灯就像夜空中闪耀着的一点星光，虽然微弱，但却执著。

赶到村里时，已经是凌晨一点多了。

“救灾抢险，一分钟不能耽搁——”一从车里下来，韦寿增就忙着要冲上山去看地质灾害隐患点，在面对危险时，他一定会选择冲锋在前，把生死置之度外：“现在的问题是首先要弄清楚险情，掌握第一手资料，一定得做详细地现场勘察，上去看才知道，我先去吧！”对险情异常敏感的韦寿增，看着不停歇的雨水，血涌上了脑门，心在剧烈地起伏。他无法想象，一旦发生地质灾害，山上的泥土倾泻而下，那将是一幅怎样残酷的景象？！

但这次，乡领导和地灾隐患监测员却一把将他拽住了：“天这么黑，路这么陡，你还发着烧，一个人上去查看实在太危险！万一出了事，连个帮手都没有。我们还是和你一起上山！”其他的人这才注意到，韦寿增此时已经是满头虚汗，连走路都直打趔趄，再加上山高坡陡、土石松软，一个人上山，实在太危险。

韦寿增挥挥手，斩钉截铁地拒绝了：“这里太危险，还是让我先上。一来我是国土所所长，查看地灾隐患，是我的职责所在；二来，我有这方面的经验，亲眼看看裂缝的情况，我能做出更准确的判断；三是我熟悉地形。你们等着，把其他村民照看好！”说完，他拧亮手电，转身就一个人往山上走去。

一片黑暗中，韦寿增的背影瞬间就消失了，只有他手中手电筒的灯光，一晃一晃地渐渐远去。过不了多久，那微弱的亮光也看不到了，密密的树木遮盖住了崎岖的山路，也把韦寿增的踪影完全隔绝在人们的视野之外了。

接下来就是等待，焦急的等待。

山中的夜晚，本来应该格外宁静和安详，可在这雨夜，密集的雨点敲打着大地、山峦、树林，也像敲打着此刻伫立在雨中默默等待的这群人焦急的内心。

“韦所长会不会出什么事了？怎么这么长时间了还没有下来。”人群中有人忍不住问道。没有人回应，所有人都眼巴巴盯着山上，期盼着那手电筒的微弱亮光能早点出现。时间慢慢地过去，似乎一分一秒都让人万分煎熬。

“快看！快看！那是不是韦所长！”突然，有人大声喊起来。远远地，有一点光亮缓缓地向着山下移动着。等待已久的人们，忍不住齐刷刷地往前迎了过去。果然！一个身影踉踉跄跄地出现在远处的山道上，是一身泥水的韦寿增！一瘸一拐地走下山来了！整整3个小时的时间，在漆黑的夜里冒着大雨，走那么崎岖的山道，没

村里的干部指着村后的高山告诉记者，韦寿增当晚就是冒着生命危险爬到那么高的地方去察看地址质灾害隐患点

有人知道这一路上他摔倒过多少次。

来不及喘上一口气，韦寿增赶紧说："山上已经裂开了一道大口子，42米长、20厘米宽，根据我的判断，肯定有险情，必须立即疏散群众，一刻也不能等！"

空气陡然间凝固了。一片沉默。每一个人心里都清楚，这意味着什么。韦寿增和乡领导、村领导马上在泥泞的雨夜里开起了紧急会议。

"好！按原定的方案，所有人必须离开屋子，一定要再次通知到每一家，每一个人，村干部要再挨家挨户地检查，快！"根据韦寿增的建议，乡领导立刻作出决定。

村里响起一阵阵急促的敲门声，叫喊声，还有牲畜的嘶鸣，马达的轰鸣，一片喧嚣。在这片忙碌中，依然有着韦寿增的身影，他一会儿和村干部一同招呼村民们赶紧离开房子，一会儿和乡领导一起商量紧急帐篷的搭建安置地点，整夜都没有合过眼……

第二天，两排整齐的应急帐篷拔地而起，村民们全都搬离了危险区域，一整夜的喧嚣变成了宁静，韦寿增才一下子瘫倒在车上，脸上红红的，额头滚烫。原本就已经发烧的他，又经过一夜风吹雨淋和紧张忙碌，别说站着，竟是连坐都坐不住了。可就是这样的情况下，他仍不同意离开现场，而是要求继续在这里坚守着。

【采访手记】 是什么样的力量，让他如此无畏，在生死抉择之间淡然自若？是什么样的信念，支撑他如此处理工作与生命的关系？

在采访中，我们所了解到的韦寿增的点点滴滴，不止一次地让我们想起了战争年代的张思德，建设时期的雷锋，这是共产党人同一个精神谱系在社会思潮多样多变的新形势下的延伸和发展。这些共产党人在岗位上的自觉奉献，有情有义，可亲可信。他们的信仰，就像是有人感到寒冷时围在脖子上的一条围巾，感到乏累时很自然地伸过来的一双手。

勇于负起使命的人是高尚的人，忘我为他人的人是纯粹的人。把他人的平安当作最大快乐，韦寿增用朴实而卓越的奉献，注释着英雄的含义。他一生奔波万里，从不肯停下来歇歇脚步，留下的是淡泊名利、心系人民的本色。

这种本色,是检验信仰真伪的试金石,是衡量信仰坚定性的标尺。

3. 这呼啸而来的可怕的泥石洪流，足足有 3000 多立方米

几天后的深夜，在应急帐篷里沉睡中的村民，突然被惊醒了，每个人都感觉到脚下的大地在轻微地颤抖着，同时，一种如汽车引擎轰鸣的声音从后山的某个地方越来越响地传来，几乎就在瞬间，这引擎声响变得震耳的雷鸣，令人毛骨悚然。

有反应快的村民马上从帐篷里跑了出来，只见一道由泥土夹着滚石形成的洪流，像怪兽一样呼啸着倾泻而下，一下子就把挡在它前面的树木等障碍物全都推断并裹挟在其中，这泥土石块的洪流一路顺势而下，山脚下的木质房屋就像脆弱的玩具一般，在噼里啪啦的脆响中，在一瞬间就被砸得稀烂。

人们后来才知道，这呼啸而来的可怕的泥石洪流，足足有 3000 多立方米！

眼前的景象着实骇人，几乎被砸成了碎片的房屋，原来平地上垒出的像小山一样高的土堆，还有东倒西歪被齐腰斩断的粗壮树木，所有的村民都被惊呆了，好半天都没有说出一句话来，要是没有提前防备、及时撤离，这么多鲜活的生命，可就都被淹没在这无情的泥石之下，根本没有生还的可能！但由于已提前撤离，山下这 24 户 115 位村民，甚至连他们的牛羊牲畜，此刻全部安然无恙！

所有的人都既惊且喜，纷纷围到了韦寿增和其他乡干部旁边。

有的人说："太吓人了！这次躲开了这么大的灾祸，首先得感谢国土所啊！"马上有人接过话茬："是啊，要不是小韦冒着危险深夜上山查看，这情况还不能及时搞清！"韦寿增赶紧说："不能这么说，得归功于群防群测工作的落实，得感谢大家的配合啊！"

望着眼前的一切，韦寿增轻轻舒了一口气，却并没有放松下来。灾后的重建、安置，还有许许多多的事情在等着他。

【采访手记】 2011 年 9 月，那冷村议论屯的后山，我们头顶细雨、脚踩泥泞，前往韦寿增曾在深夜里发着高烧去冒险查看的那个地灾隐患点，这里山高坡陡，土石依然松软，每走一步都并不容易，足以想见他其时的艰难。

站在山上往下望，可以看到两排整齐的新房子坐落在远离地灾隐患点的山间平地处，那正是韦寿增为村民精心选定的安居点。如今，一片青翠的寂静中，有炊烟在屋顶袅袅升起，也有孩子与小狗在山间欢快地奔跑嬉戏。"我们当然记得小韦，要不是他，我们都被埋在这山脚下了。"村子里每一个知道我们来意的人，只要提到韦寿增，都会说到这句话。

山若有情山亦老。如果韦寿增走过的山路可以动情，那么，这里的每一座山，每一道岭，每一棵树，每一块石头，都将洒下如诗如歌的泪水，以敬仰这位执著的国土人，用 11 年虽历经艰难而不悔的赤心，锻铸了一个共产党员对党和人民事业的最高贵的品质。

4. 我们所做的工作与生命有关，容不得半点马虎

地灾防治，有惊心动魄的瞬间，也有看似平凡普通的坚持和守望。

安宁乡念通村下通屯的后山。

韦寿增手拿卷尺、罗盘，仔细察看不远处的一块巨大的危岩，

边看边说："这块石头，真是又大又危险，时刻都得当心啊，即使在晴好天气，也要留意查看，绝不能麻痹大意。自然灾害并不单单在恶劣天气才发生的，可以说防不胜防，贵在坚持巡查和防范。"

村支书隆延满也仰着头说："是啊，是得小心。就是这处危岩太高了，足足有500多米呢，而且还没有路能到，查看一次实在是太不方便了。"

韦寿增说："这石头威胁这山下40多户200多人的安全，没有路，爬也得爬上去。"

隆延满说："我是这处地灾隐患点的监测人，我上去得了。"

韦寿增说："不行，还是我上去看，看了，有了第一手数据，心里才踏实。"说完，他把卷尺往手上一缠，拽着陡坡上的石头和树根，一步一挪地开始了艰难的攀登……

于是，这个身穿旧迷彩服、脚蹬解放鞋、头戴着草帽的身影，开始在桂西南特有的陡峭崖壁上艰难地向上攀登。身影在向上挪动，山坡上矗立着一块巨大的险石。这个挪动的身影在险石的旁边停顿下来，细细打量着险石的四周，喘着粗气擦了擦汗水，然后掏出尺子和笔记本，认真地测量和记录着。

在山顶，查看完地质灾害隐患点，他不经意间眺望了一眼远山，胸膛中似乎有一股力量在鼓荡着，盛夏的风在头顶的蓝天上迅疾而过，远方山峦背后的太阳，血红而庄严。下山的路，比上山的路还要艰难。陡峭的山坡上，其实根本并没有一条可供步行的路途，韦寿增伸开四肢，紧贴在陡坡上，慢慢地向下一点一点移动着。那一刻，这大山似乎伸出了一双无形的手，紧紧拥抱着他，他已经和这山，不，和这片大地融成了一体……

这样的对话和这样的场景，每隔不长时间，就会在这片山谷中出现一次。韦寿增每次巡查到这里，每次都要爬上去观察，每次上下都要花两个多小时，每次也都是一身的泥巴与汗水。

不过，尽管付出了诸多的辛苦与努力，但收获的却不一定是理解和感谢。由于很长时间都没有山石滚落的现象，有些村民开始不以为然起来，认为石山虽然有开裂的现象，但是山石不会轻易滑落下来。还有些村民，更是冷嘲热讽起来："石山开裂这种现象也太普遍了，哪里都有，韦所长你这也是太认真了，太傻了，不会有事的，再说了，要是真是山石滚下来，你一个人也挡不住啊。"

每次听到这些话，隆延满都被气得够呛，可韦寿增却不急也不恼："没关系，但我们所做的工作与生命有关，容不得半点马虎和麻痹大意。"

【采访手记】 有位哲人说过，时代的列车在拐弯处，总会甩出一部分人。这部分人，大都是灵魂浮躁的人。

人是要有一点精神的，一个人如果失去了精神信仰，就成了无根的游魂；一个国家如果失去了自己的价值品格，就等于"在精神上解除了武装"。所以说，"国之魂，文以化之；国之神，文以铸之。"这个"魂"与"神"，就是一个国家和民族共同的精神信仰与价值追求。就一个系统和行业来说，有怎样的精神气质，就会有怎样的作为和形象，也决定了它最终能有怎样的发展和成果。而从韦寿增身上所折射出的国土资源精神，恰恰代表了这支队伍最为坚韧刚强的一面。

真正让一个人超越生命局限的，只能是内心拥有的信念坚如磐石。韦寿增把感恩、爱党、报国和润泽成为他内心的精神力量，融为一个崇高的信仰，映射出坚定的人生价值观。人们被他感动，为他动容，正是因为他的这种坚定信仰，触发了人们内心深处的共鸣。韦寿增的生命绝唱背后，正是我们要寻找的真正的新时代国土资源精神。

第四章

点亮信仰的明灯

一套老旧的木桌椅，一个满是斑斑锈迹的文件柜，就是这个国土资源所所有的家当了。紧靠着窗口的办公桌矮小破旧，但高高堆放在桌上和柜子上的材料却码得整整齐齐。墙壁上，贴着一幅《安宁乡开采矿产资源分布图》，这是韦寿增凭着记忆用钢笔亲手画的，每一个采石场，每一个锰矿点，都标得很细。

有人曾经这样算过韦寿增的工作量：9个地灾点巡查一遍，要花3天时间；7个采石场巡查一遍，要走两天；3个锰矿场巡查一遍，要用3天。几项相加，整整要8天才能把这所有的点巡查一遍。可按上级要求，雨季每周都要巡查一遍地灾点。这意味着，韦寿增在7天的时间里要干完8天的活。而除了这些，他还要兼顾乡里的工作，忙起来，连喘口气的时间都没有。而矿山动态巡查，还不只是走到看到那么简单，更多的时候，要面对自然环境的考验，要迎击不法分子的种种挑战。

1. 宁可错看一百遍，也绝不能漏掉一个点

从广西壮族自治区靖西县县城出发，沿着弯弯曲曲的边境公路，驱车要两个多小时，才能来到这个距离中越边境不到 3 公里的安宁乡国土资源所。在安宁乡，整个国土所只有“1/4”个办公室——一间不到 9 平方米的老房子，就是国土所与其他三个单位“共享”的办公场所。

一套老旧的木桌椅，一套满是斑斑锈迹的文件柜，就是这个国土资源所所有的家当了。紧靠着窗口的办公桌矮小破旧，但高高堆放在桌上和柜子上的材料却码得整整齐齐。墙壁上，贴着一幅《安宁乡开采矿产资源分布图》，这是韦寿增凭着记忆用钢笔亲手画的，每一个采石场，每一个锰矿点，都标得很具体，标得很细致。

在这张手绘的地图前，所员谭成望时常还能回想起和韦寿增上山去巡查非法采矿点和地质灾害隐患点的情景：“我们每回巡查，

一间不到 9 平方米的老房子，就是安宁乡国土所与其他三个单位“共享”的办公场所

都要在山上走大半天。有时候，见我太累了，韦所长就拿那句口头禅逗我说‘你得不得啊’，我就会不甘示弱地说‘得啊，你都得，我怎么不得’。”谭成望介绍说，这张安宁乡矿产资源分布图看起来有点粗糙，但却十分精准，是韦所长经过亲自踩点后绘制的。谭成望说：“很多同事都说，安宁乡的山山水水，就像长在他心里一样。”

靖西县有着丰富的自然资源，已探明的矿产品有锰、硫铁、铝土、红锑、磷、重晶石等18个矿种，铝土矿品位高、埋藏浅、易开采，储量达25亿吨，是目前广西探明的特大型铝土矿床之一。锰矿藏量为2400万吨，硫铁矿546万吨，重晶石300万吨。而安宁乡，又是当地锰矿资源较为丰富的乡镇之一，品位高、埋藏浅，如果用专业机械进行采挖，一天就能弄走价值几万元甚至十几万元的矿石。因此，打击非法采矿、治理矿业秩序成为国土资源管理工作中的一个重点和难点。

矿山动态巡查，还不只是走到看到那么简单，更多的时候，要面对自然环境的考验，要迎击不法分子的种种挑战——

虽然还只是初夏，但位于祖国南端的广西，田间山头都已经是一片郁郁葱葱。

弯弯曲曲的小山道上，闪出两个身着迷彩服的身影。这正是进行采矿点巡查的韦寿增和同事谭成望。烈日当空，树林里又是密不透风，人就像是被搁进了蒸笼里一般，还没走上几步路，就已经是满头满身的汗水，如同刚从水里捞出来一样。

“快看！前面有新土的痕迹，可能有情况！”正往前走着，韦寿增突然一摆手，沉下嗓音说。两个人忙放下随身的背包，轻手轻脚地朝坡上爬去——偷矿人不仅小心狡猾，而且还“分工明确”，有负责偷挖的，有负责运输的，还有负责望风的——要是从山路上过去，早就会被这些人发现跑得没个踪影了。

坡上没有路，又刚下过雨，泥又湿又滑，爬上去三步，倒要往下溜两步，两个人只能把身子紧紧贴在坡上，用手指扣着山坡里出露的石头，一下一下地往上艰难挪动。

好不容易快爬到坡顶了，两人偷偷探出头一瞧，不由得泄了气——虚惊一场！别说违法采矿分子，连一个人影都没有！原来，这些新土的痕迹只不过是被雨水冲出来的表层土。

谭成望气得往地上一躺："咳，所长，我们又被雨水给捉弄了！"

韦寿增也是气喘吁吁地往泥地上一坐，但语气里却没有一丝不耐烦，反而还露出了些欣慰："我倒是觉得应该换个角度想。你想想，我们看起来像是白辛苦一趟，可却正说明国家的矿产资源没有受损失，这是好事啊！"

谭成望还是气呼呼地说："所长，每次碰到这样的可疑情况，不管前面山有多高、坡有多陡，你都说要一路追查下去，可每次又都发现其实是雨水做的恶作剧，我看下次要是再发现这种事情，咱们就别这么折腾自己了。"

"那可不行，忘了我之前怎么说的了？宁可错看一百遍，也绝不能漏掉一个点。"韦寿增收起笑容，严肃地说："哪怕被雨水捉弄得再多，我们也绝不能放过一个可疑之处。"每每这个时刻，韦寿增的眼睛就格外坚定、清亮、而又有一种如岩石般坚硬气质。

这，不过是韦寿增无数次巡查中的一个普通场景，守护国土资源就是他心中一道神圣的使命。既然他深爱着自己大山连大山的故乡，既然他牵挂着山里的乡亲们，那在漫漫的巡查路上，就永远不会有懈怠与疲倦。

一个心怀使命的人，才是一个有价值的人。

【采访手记】 一位外国哲人说过，有两种东西，我们越是反复地思索，越会觉得它永远新鲜，并不断增长对它的赞叹和敬畏：一个是头上的星空，一个是心中的道德。对共产党人来说，头上的星空，是信仰；心中的道德，是在寻常的经历中坚持全心全意为人民服务的高度自觉。从韦寿增的事迹中，不难咂摸出这两样东西，看起来很平凡，但我们越思索，越觉得让人敬畏和赞叹。

对于我们许多人来说，韦寿增是一面旗帜，是一盏明灯，是一根标杆，让我们在保障发展、保护资源这条艰难崎岖的道路上奋勇前行。他是基层国土人的骄傲，更是基层国土人的出色代表。韦寿增——这个名字已经不只属于他本人，更是千千万万个扎根基层、默默奉献的国土人的代名词。

许多像韦寿增一样默默奉献、忠于职守、甘于清贫、勇于担当的基层国土人就在我们身边。他们过于普通，人们对他们熟视无睹；他们的工作过于平凡，人们对他们习以为常。他们没有轰轰烈烈的事迹，有的只是日复一日的付出；没有惊天动地的壮举，有的只是对国土资源管理事业的无限忠诚。他们不是英雄胜似英雄，我们怎能忽视他们的存在？又怎能否定他们工作的价值和意义？

当更多的韦寿增式的国土干部感动系统内干部职工并被社会广泛认知的时候，国土人的形象也就会矗立在群众的心中，我们的国土资源管理工作才会得到社会各界更多的理解和支持。

2. 即使怕，也要顶住，绝不能让国家利益受损失

和平年代，人们远离了战火硝烟，也很少面临瞬间要做出的生与死的抉择考验。然而，在共产党人信仰的号角声中，关键时刻，挺身而出的音符，并不会从此就不再嘹亮。

安宁乡古庞村一采矿点。

一个老板模样的男人指手画脚地，领着几个工人急急忙忙把挖

好的锰矿往大卡车上装。“动作都麻利点，快点装！”老板一边不耐烦地呵斥着，一边贼头鼠脑地打量着四周的情况。

眼见着矿石很快在大卡车上垒出了一个“小山”，老板这才得意洋洋地一挥手，准备撤退——这样一车非法盗采的锰矿要是“顺利”运出了山，就意味着一叠近万元的钞票又要落入了他的腰包了。

就在装得满满当当的大卡车嘶吼着准备离开的时候，两辆摩托车从山路上一路颠簸着赶来。虽然是山路，摩托车却开得飞快，带着厚厚的尘土飞奔直下，最后一下横在了路上，恰恰挡住了大卡车的去路。五个人从摩托车上下来，快步走到了老板的面前。领头的，正是韦寿增。

韦寿增严肃地说：“我是安宁乡国土资源所所长韦寿增，你们这是违法盗采国家的矿产资源，请都跟我们回乡政府接受处理。”

老板满不在乎地说：“哟哟哟，看你说得那么严重，多大点事啊？老话说的好，靠海吃海，靠山吃山。这满山遍野都是锰矿，总不能让它们闲着吧，我们辛辛苦苦把它开采出来运出去，这也算是用它来为民造福啊！”

韦寿增说：“矿产资源是国家的，那得听国家的安排，按政府的规定依法开采，你们自己私采乱挖国家矿产资源，这是严重的违法行为，这样的事情坚决不能干！”

老板见说不通，眼珠子一转，偷偷把韦寿增拉到一边，从包里掏出两叠钱就直往韦寿增的手里塞：“小小意思，不成敬意，你是国土所所长，县官不如现管，你看这地方拐弯抹角的，也没别的人过来，你高抬贵手一下，什么问题都没有，而且大家都方便。以后，你我之间四六分；不，五五分，怎么样？”

韦寿增一把推开老板的手：“这样的情况我碰得多了，别说那些不沾边的话。我是缺钱，我们家也缺钱，可从不缺良心，不缺自重。

你赶快把车停下来，卸车。听候处理。这矿是一斤一两都不能拉走，卸，都卸下来！”

老板一瞧软的不行，准备来硬的：“干什么，干什么？我告诉你们，一对一你们占不了便宜。你们要是识相的，还是乖乖让开给个方便吧。”

韦寿增说：“我们就是按照国家的规定依法办事，你们把矿石卸下来，跟我们回乡里接受处理。”

“你就是要堵我们的路是不是？”老板说着，举起铁锹：“不让我们过去，老子就跟你拼了！”

“别乱来！”韦寿增大喝一声，冲上去一把夺下了铁锹。

“哼！你想来硬的，来人啊！”老板话音未落，20多个工人从树林里拿着木棍、石头、铁锹一路大呼小叫地跑了过来。

韦寿增见形势不妙，一面快速掏出工作证迎上去，一面给同事偷偷使了个眼色，让他赶紧想办法和乡政府联系。工人们不由分说，把韦寿增他们团团围住了，挥着手里的棍棒铁锹，七嘴八舌地吼成一片。

一位同事见状气愤地说：“岂有此理！我们这是执行国家的法律，你们这样围着我们，是想干什么！”没等他说完，一个青年工人扑过来，一把将这个同事推到了一边，其他几个年轻同事见状也要冲上前去。

“都站住！”为了防止事态扩大，韦寿增迅速叫住了其他同事：“不许动手！”

韦寿增走上前去，挡在了情绪激动的老板面前：“你们盗采已经是违法行为了，现在要是再抗拒处理，可就是错上加错了！”斩钉截铁的话语，刚正不阿的气势，一下子就使对方的嚣张气焰收敛起来。

锰矿非法盗采点现场，每个这样的地方，都是韦寿增和同事们迎击不法分子的战场

接着，韦寿增又耐心地做工人们的思想工作："……擅自开采锰矿矿产资源的行为，违反了《中华人民共和国矿产资源法》第三十九条规定。必须立即停止上述违法行为，拆除违法采矿设备，撤离采矿现场接受处罚，拒不停止开采的，将从严处罚！"

此时，工人们虽然还是把几名工作人员团团围住，但韦寿增的反复动员、调解，让工人们的情绪都渐渐稳定了下来。

老板眼看形成了对峙局面，开始着急了，不断地唆使工人："别听他那么多废话，把车开走，谁要是敢再拦着，今天就好好教训教训他们一顿！"司机只好爬上了车，重新启动了大卡车。韦寿增见状，一挺身挡在了车前："接受处罚，下不为例，是唯一的出路！"老板见状，捡起一块石头就想要扑过来。韦寿增神情坚毅地站在老板面前，默不作声。

又是一段沉默地对峙。

不久之后，远处的山路上响起了警笛，警察和其他乡政府工作人员及时赶到了，上前按住了气焰嚣张的老板，价值近万元的锰矿终于被卸了下来。

回去的路上，同事们都格外兴奋，既为刚刚碰到的惊险场面有些许后怕，同时又为抓住了这么多偷矿分子而分外激动。几个同事围着韦寿增七嘴八舌地说："韦所长，你可真行啊！那么多人围过来，你当时难道就不害怕吗？"

韦寿增笑笑说："顾不上那么多。即使怕，也要顶住，绝不能让国家利益受损失嘛。"话似云淡风轻，可面对这种场面硬着头皮顶上去，其实是要极大的勇气。但他知道，这个时候，他作为党员、所长，绝不能退却，绝不能畏惧。这就像在战场上冲锋陷阵一样，当面对枪林弹雨时，你让战友们冲杀，自己却在战壕里躲起来，那你只能在理论上算是长官，实际上，在大家眼里你什么也不是，你要是不知趣在大家面前说三道四纸上谈兵，就只会遭到大家的唾弃、嘲笑和讽刺，因为你没有资格！

像这样的场景，在韦寿增的工作中并不鲜见，仅2009年，在韦寿增的建议和组织下，全乡共出动356人次对非法矿山进行全面整治，查封矿洞68个，查封非法采石场15处。

【采访手记】 这是一个孕育英雄、造就英雄的时代，更是一个需要英雄的时代。

英雄往往是同历史的使命紧紧地联系在一起的，英雄在大家心目中都是那些惊天动地、轰轰烈烈的人，似乎与那些埋头苦干、默默无闻的人无关。可是，在新的时代，正是那些默默无闻、埋头苦干的人成就了国家的发展大业，忠实履行了为人民服务的崇高职责。韦寿增同志正是无数的无名英雄中的一员，他用短暂的青春谱写了新时代的英雄之歌。

最难干的活儿，“我来”！最憷头的事儿，“我去”！作为党员，平时谁怎么样不是太好评价，而一旦到了关键的时刻，就体现得非常具体了，韦寿增就是以这种最直接最朴素的行动告诉人们：关键时刻，共产党员就是敢于冲在前头，敢于牺牲自己。新时代的英雄就应该是这样具有崇高的历史使命感和责任感的人，韦寿增同志平凡的经历中包含了厚重的历史使命感和责任感，无愧于英雄的称号。

3. 赶快离开这里！那块石头就在你们的正上方

对那些非法采矿点，只要发现，韦寿增就立即进行查处、封堵，毫不手软。但在同时，他又同样关注和牵挂着这些人的命运与安全。

安宁乡的一处采石场。

韦寿增又一次把采石场的黄老板给堵住了：“黄老板，不是我为难你。而是你这采石场存在安全隐患，周围有塌方的危险，按照规定是必须关闭的。你这些设备，我们也要依法拆除带走。”

黄老板见到韦寿增，从屋子里拿出一个厚厚的信封，说“韦所长，我们做石场生意也不容易，这个算是一点小意思，以后有什么需要，尽管跟我们讲。”韦寿增一把推开了，义正辞严地和老板讲起了道理，并组织人员依法没收了采石场的生产工具。没想到，几个星期后，采石场又开始偷偷地生产起来。

这一天深夜，雷鸣闪电，暴雨交加，黄老板和几个工人在临时工棚里避雨。闪电中，韦寿增勘察过的那一块巨大的险石，在白色的光亮中更加显得狰狞。黄老板和几个工人正在无聊地打着牌，瞅瞅外面的暴雨，自言自语地说：“这雨下得怎么让人胆战心惊的？”

忽然，工棚外传来一阵摩托车的轰鸣声。

“这鬼天气，那小子怎么又过来了。”黄老板话音未落。韦寿增已经一身湿透地闯了进来：“赶快离开这里！那块石头就在你们的正上方，就像一颗炸弹悬在了你们的头顶上，现在已经很危险了！你们一定要相信我。下这么大雨，我可不是来吓唬你们的，

韦寿增在采矿点进行巡查

赶紧快走！”

“真的假的？”黄老板看着他，还是一脸的犹豫。

“黄老板，我不是堵你的财路，而是这里实在是太危险了，赶紧离开这里，现在雨这么大，万一石场坍塌，那可是人命关天的大事啊！你们一定要相信我！”

工人们互相看看，也都紧紧盯着黄老板。看着面前浑身湿透、喘着粗气的韦寿增，看着工人们期待的眼神，黄老板被深深地感动了：“他是真为我们好啊。快走！听小韦的！这场子我们回头也不要了！”

“走！”

“快走啊！”

人们纷纷跑出了工棚……

几天后，黄老板主动给韦寿增打来电话：“韦所长，你放心，这个采石场亏老本我也要把它关掉！我要对得起你们的关心，也要对得起自己的良心。”

放下电话的韦寿增，长长地舒了一口气。

【采访手记】 坚定的理想信念，是共产党人的优秀品格。共产党人一旦缺失了理想信念这个擎天柱，灵魂的大厦就会坍塌。那些视理想为“有利就想”、把前途当作“有钱就图”、一门心思追名逐利的人，那些在拜金主义、享乐主义、极端个人主义思想支配下纵情享乐的人，在名缰利锁的羁绊下，完全丧失了革命的气节。韦寿增的可贵之处就在于，他怀揣心系百姓、坚定为民的信念而坚定不移。

凭着这样的信念，韦寿增在其短暂的一生中，才会创造出一个个生命的奇迹，才会谱写出一曲曲英雄的赞歌。网友“仙城卫士”

说得好：“自信人生二百年，会当水击三千里。岁月流不走你挺拔的身影，岁月带不去你不老的情怀，岁月会惦记你无私的奉献，岁月终将证明你就是国土的英雄。”

第五章

用生命丈量大地

解放鞋、摩托车，凭着简单的装备他常年奔波；小桌子、文件柜，身居这样的陋室他伏案劳作；条件艰苦如斯，他硬是做到了对全乡的国土资源了如指掌。披星戴月、无假无休，他俨如一个“同时间赛跑的人”；为了不让群众吃亏，他不惜多次返工，直到“丈量的一分一厘土地都得到群众认可”；面对利益诱惑，他虽家境贫寒而终不移其志，一句朴实的“违法的事咱不能干”掷地有声。韦寿增走了，走的时候他的头还枕着装满测量资料的文件袋。

31 岁的年龄也太过年轻，匆忙得似乎什么都没有留下。但他又实实在在地留下了两把尺，一把用来丈量土地，一把用来丈量人生。

1. 实在很困的时候，就在车上眯一会

时间转眼到了2009年12月，因为工作得力，高效率，认真，严谨，负责，连续5年成为县国土系统先进人物的韦寿增，被上级征调参与称为“中国第一大难”的土地征迁工作。

征地工作之所以难，难就难在中国人对于土地根深蒂固的情感。自古以来，中国人就和土地结下了不解之源，农民对土地的珍爱与看重，延续了几千年。那一畦畦良田，一道道山坳，承载了几多人的希冀与梦想；那一栋栋房屋、一座座坟茔，又牵动着多少人的情感和衷肠。生在这片大山里的韦寿增，深深地懂得山里人对土地的这份感情，然而，他竭力要让群众明白的是，一时一地的牺牲，换来的将是靖西冲破封闭、走向文明与富裕的新世界。

不仅如此，征地工作更是一项程序繁多、极其艰苦复杂的工作，补偿安置、发动群众、丈量地块、绘制草图、计算面积、填写图表、录入信息、上墙公示、复查核实、请群众确认按手印等，桩桩件件，关系项目开工实施，涉及群众切身利益。

韦寿增和同样优秀的一批来自各基层所同事如陀螺一样工作——下乡，一户一户地丈量土地，绘草图，数据记录，计算，争议，复核，再制图，再计算，三次，四次……直至群众确认准确无误。夜间加班，把白天多次涂改的草图，一张又一张地重新绘制，干净，整洁。别人休息时间，他再次进村入户找群众按手印确认。

征地已经进入收尾阶段，找群众核对信息、签字，是这一段时间的主要内容，韦寿增所在小组负责的山南村，一共有6个屯，将近800块地，总共约1642亩。核对过程中，经常会有村民提出各种各样的质疑。村民利益无小事，韦寿增每次都是不厌其烦地向他们解释。由于是手工测绘，难免会出现诸如角度选取差异，前后两次

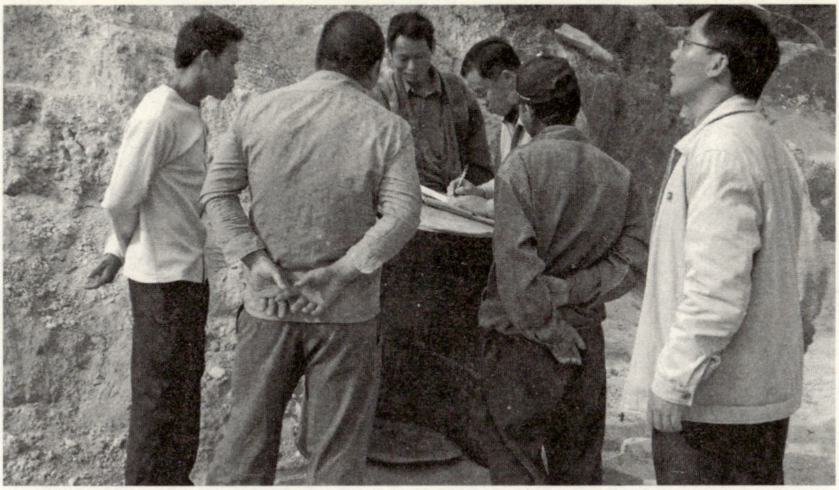

面对程序繁多、极其复杂艰苦的工作，韦寿增始终谨慎细致。就像他生命里绝大部分的时间，都与沉甸甸的责任紧密相联

测出来的结果出现偏差的时候，不用村民提出，他都会找同事帮忙，再重新打桩测量。遇上不明事理的村民，言语讽刺，夹枪带棒，他也不往心里去，依旧笑呵呵地做事。就这样，平均每一天至少要做好二十七八户农户的土地测算核对。

“在乡村工作就是这样，村民不管你几时上下班，都要挨个地解决好了他们才会散去。基本上没有午休的时间，实在很困的时候，就在车上眯一会。”韦寿增的工作伙伴黄绍福苦笑着说。收工回到家，常常已经是八九点了。可这还不能休息，韦寿增要整理白天收集到的数据，计算绘图。韦寿增的家人说，他每天回来吃了饭之后还要计算、填写表格，一般都要忙到凌晨1点左右，天天如此。他的妻子说：“他加班到12点多，是常事。要是量的地多，有时候要算到两三点。”家人劝他抓紧时间休息，韦寿增说，征地那么忙，大家都忙，一个萝卜一个坑，个个都得加班啊，否则会影响到进度。

连续的加班，睡眠不足，在来回县城和征地现场的路上，韦寿增每次一上车就睡觉了，组长农汉卿有时和他开玩笑说：“韦所长，看你白天老犯困，晚上是不是透支过度呀。”

“加班了，没有睡好。”韦寿增总是这样轻描淡写地回答。

【采访手记】 采访中，不管是倾听韦寿增同事和家人的回忆，还是目睹那厚厚的一沓沓表格和数据，我们都能强烈地感觉到：这个从不停歇似乎不知道疲倦的年轻人，总是把自己的工作安排得如此满满当当，几乎没有给自己留下过哪怕一整块稍微悠闲点的时光，他生命里的每一分钟，他所忙碌的每一个岗位，无不始终与沉甸甸的责任紧密相连。

责任，既是一种天地自然的规定，又是一种社会人生的要求。它要求我们每一个人都要承担应承担的任务，完成应完成的使命，做好应做好的工作。韦寿增看似不起眼却难以做到的这些点点滴滴，足以告诉我们，应该如何尽心尽力去做一个知责、担责、尽责、富有责任感的人。

2. 六百多份生命的答卷

韦寿增在“高铁办”工作了 3 个月 22 天！

在靖西县高速公路指挥部的资料室里，至今还保存着两叠厚厚的征地记录表，表格中字迹工整，鲜有涂改，后面还附有手绘的面积图和测算记录，清清楚楚地记载着村民的征地信息，“丈量人”一栏中赫然写着：韦寿增。

征地现场录入表和测量草图，是韦寿增与同事每天早出晚归收获的成果，也是最重要的征地补偿原始资料。靖西至那坡高速公路项目建设服务办农汉卿向我们介绍表格的重要性：这是最具说服力的书面材料，每一个数字都不能有错，因为它们不仅是高铁办的原始档案，也关乎村民的直接利益。

由于是现场录入和测量，录入表中被征地村民的名字、征地面积等有些错漏、修改在所难免。为了方便省事，通常的做法是晚上计算好面积，第二天给群众签字确认时如发现错误，直接在旁边改动，再让当事人按上手印后就可以上交指挥部了。

但韦寿增却不愿意为了省事而有丝毫马虎，他说：“这是要保存进档案里的原始资料，不仅要让指挥部的领导看得清楚，更重要的是要对被征地的群众负责，要经得起历史的检验。”

为此，他所负责的图表资料，但凡有一点改动、甚至只是不够整洁的，他都会利用晚上时间，工工整整地重新誊抄一遍，然后再次拿给群众签字按手印。这样一来，他每归档一张征地现场记录表，不仅要多花半个小时重新誊写，而且还要比其他同事多跑一到两次征地现场，每次来回，最少是 80 公里山路。

3 个月 22 天的时间里，韦寿增硬是用晚上的休息时间，加班加

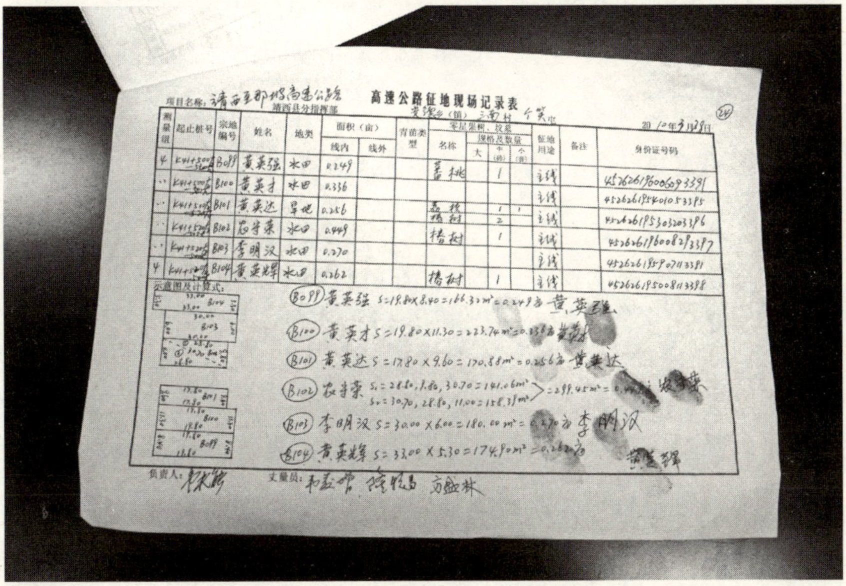

韦寿增填写的征地现场记录表，每一份都一丝不苟

点把六百多份记录表全部整理一遍，然后又跑了总计几千公里的路程，挨家挨户去找群众重新确认。农汉卿说：“别说我们年纪大一点的吃不消，就是一个精力充沛的年轻人要准确地将征地表格重新誊写，一张得半个小时，六百多份的表格，手不停歇地抄写至少要花三百多个小时，还不包括往返找村民核实按手印的时间。最重要的是这个过程中要保持注意力高度集中，确保填写的内容都标准无误。能做到这一点，太不简单了！”

龙临国土所的黄绍福是韦寿增征地组的同事，他曾一度对韦寿增的这个举动有些不以为然：“这 600 份资料是他重新整理的，之前的表格有些涂抹，但是我们其他人都没有想到过重新返工，因为那样太麻烦。”

然而，韦寿增的一言一行却最终深深地打动了他。“韦寿增常常跟我们讲，‘我们做这个工作，绝不能让国家受损失，也绝不能让群众吃一点亏’。”黄绍福说：“他是这么说的，也确实是这么做的。只要是涉及群众利益的事情，他总是有无比的耐心。”

在近四个月的时间里，韦寿增硬是用晚上的休息时间，加班加点把六百多份记录表全部整理一遍，然后又挨家挨户去找群众重新确认。单单这项工作，他就比其他同志多花了三百多个小时，相当于四十个工作日。这六百多份整洁清晰的记录表，宛如一份份郑重的生命答卷，满满承载着一个共产党员对于事业和人民的忠诚。

【采访手记】 信念与责任，是我们在采访过程中思考最多的几个词语。也许，有人会说，什么信念责任，那都是些多么遥远而模糊的概念啊，在我们平凡的生活中，哪会碰到像电影里那种危机重重，性命攸关的时刻，让我们去诠释展示这些看似伟大实则遥远的字眼呢？

然而，韦寿增普通却不平凡的点点滴滴却能告诉我们，信念并非高深莫测，遥不可及，它就存在于我们平日工作的方方面面，它是一种热情，一种坚持，是一种对本职工作的执著。我们每个人在自己的工作领域中，都应该做一个有信念的人，都应该用一种热情执著的精神坚守自己的信念。

不是吗？我们每天都在各自的岗位上按部就班地工作，想要干好工作需要满怀热情，面对工作中的瓶颈需要一直坚持，遭遇困难不能退缩逃避，需要有克服困难，执著向前的精神，这些不同样需要信念来支撑吗？我们和他们一样，一样面临着来自家庭、生活和工作的种种烦恼，我们也和他们一样，坚持着热爱的国土资源事业，坚守着国土资源工作的信念。

在这里，我们也许哭泣过，我们也许彷徨过，我们或许迷惘过，但最后，我们仍在坚持着，因为我们相信：通过努力和付出，我们一定能够为国守土，将国土资源事业进行到底。

3. 丈量了四次的甘蔗地

黄绍福由衷地佩服韦寿增，除了追求完美，韦寿增还有一件事让他印象深刻：

2010年春节前，安得镇三南村村民黄先忠家。

黄先忠正和村干部不满地埋怨说："别人家的地量一次就得，怎么我就这么两亩的甘蔗地，你们来回地折腾，第一次量，面积多了0.2亩，第二次丈量后，又少了0.2亩，哎，多点少点差不多不就行了吗？你们别折腾了。"

村主任解释说："也怪，我们这20多天丈量了400多亩地，我们人都快累死了，可人没累傻啊，这数还是能算出来的吧，怎么就属你这块地难呢，走，今天一定得给你量得口服心服。"

此时，黄先忠的地里，韦寿增和同事黄绍福、梁福会正忙碌测量着。黄先忠一走过来，就没好气地说："就为这点地，你们来来回回跑了4趟了，光跑的路有300公里吧，值吗？"

"量少了，你吃亏，量多了，国家吃亏，为了谁都不吃亏，我们再怎么累再怎么折腾，也值了。"韦寿增抬起头，心平气和地给他解释："第一次测量时，由于地里的甘蔗还没收，没法从地里走尺，只能采取四边形测量法进行测量，结果测得面积为比你承包时确定的面积大了些；一个星期后，等地里的甘蔗已经收获了一部分，我们用更精确的三角测量法进行重新测量，但那天你不在家，于是请村长隆朝昌和组长农汉卿一起核实，测出的面积比第一次测量的少了0.2亩，你知道面积少了后便提出异议，要求复核，于是在第三次测量的时候，把你找到现场，结果测得的面积与第二次一样，但你还是不认可，要求等地里的甘蔗全部收完后再次测量。现在甘蔗都收完了，我们再来量一次。"

村民黄先忠（右一）告诉记者，就是眼前的这块地，韦寿增一共为他丈量了四次

黄绍福拿着皮尺丈量，韦寿增在画着图。

黄绍福说：“结果和第三次一模一样，小韦，就按第三次的算，没有问题！”

梁福会把计算结果和地块图递给黄先忠说：“你再看看，看有什么意见吗？”

这一回，黄先忠服了气，他笑呵呵地说：“服了服了，你们可真得（行），从来没有见过工作这样认真负责的干部，就是太抠啦！”

“那行，那就签个字，早跟你说过吗？国家不会占你便宜，你也不能占国家便宜。”韦寿增把文件和草图递给了黄先忠。

黄绍福说：“这就叫利国利民嘛！”

黄先忠一边签名字一边不忘开玩笑：“我就不愿意听你说大道理，你看人家韦所长，那是用一分一厘的数字在说话。”

韦寿增这个“一块地丈量了四次”的故事，后来出现在《人民日报》上。2012年4月14日，《人民日报》“身边的感动”栏目以《一把尺子量乡土》为题，报道了韦寿增的这件感人事迹，在文章的最后，记者这样深情地写道——

“韦寿增生前是一名国土资源所所长，无数次用手中的尺丈量过土地；而当我们试图用品格的尺来丈量他时，却发现在他面前，我们‘尺’有所短。

解放鞋、摩托车，凭着简单的装备他常年奔波；小桌子、文件柜，身居这样的陋室他伏案劳作；条件艰苦如斯，他硬是做到了对全乡的国土资源了如指掌。披星戴月、无假无休，他俨然一个‘同时间赛跑的人’；为了不让群众吃亏，他不惜多次返工，直到‘丈量的一分一厘土地都得到群众认可’；面对利益诱惑，他虽家境贫寒而终不移其志，一句朴实的‘违法的事咱不能干’掷地有声。

韦寿增走了，走的时候他的头还枕着装满测量资料的文件袋。

31 岁的年龄也太过年轻，匆忙得似乎什么都没有留下。但他又实实在在地留下了两把尺，一把用来丈量土地，一把用来丈量人生。”

心系百姓、坚定为民，是共产党人的理想信念。韦寿增的一言一行，无不体现出这样的信念。

“我们党来自于人民，根植于人民，服务于人民。在任何情况下，与人民同呼吸共命运的立场不能变，全心全意为人民服务的宗旨不能忘……做到权为民所用、情为民所系、利为民所谋。”怀着这样的信念，国土战线的干部职工，从部机关司局到地方厅局再到基层局所，都相继涌现出不少的先进典型。

在这众多的先进典型当中，有不少为国土事业而献出自己年轻和宝贵生命的“国土英雄”。广东省增城市派潭镇国土所的郭水财、湖北省大冶市国土资源局的熊国胜、山西省临汾市汾西县国土资源局的郭云和晋城市沁水县郑村国土资源所的郭瑞忠、广西壮族自治区桂林市全州县凤凰乡国土资源所的蒋剑承和临桂县两江镇国土资源所的伍贤海……他们和韦寿增一样，都是“国土英雄”的代表。他们在抗震救灾、抗旱打井、保护耕地、地质找矿、地灾防治及执法监察等工作中，心系群众、鞠躬尽瘁，树立了国土人的良好形象。

韦寿增就是这样一位“国土英雄”！但与上述的“国土英雄”相比，韦寿增则是更为“独特”的“这一个”，他的“独特”之处在于：他在工作中，自觉主动去履行“保障发展、保护资源”的神圣使命。他说：“我们做国土资源工作，不能让国家受损失，也不能让群众吃亏。我是农民的儿子，我知道，哪怕是一分一毫，对农民来说都是那么的珍贵！”“不能让国家受损失”体现着“保护资源”的重要性，“不能让群众吃亏”则是“保障发展”的具体体现。这是韦寿增的信念，这个信念完全符合党中央、国务院关于国土资源工作“保障发展，保护资源，维护权益，服务社会”的总体要求。

有了这样的信念，韦寿增在丈量土地中，哪怕是只有 0.2 亩的差异，他也要来回走 300 多公里，前后进行四次的丈量。11 年来，韦寿增凭着一名共产党员的执著追求和坚定的信念，心中怀着国土情，心中想着百姓事！虽没有惊天动地的英雄壮举，没有气盖山河的豪言壮语，可他始终怀着保护资源，强化土地管理的忧患意识，始终把群众的利益放在首位，出色地完成了“保护资源、保障发展”的两难任务。

“为什么他的离去牵引着这么多人的目光？为什么他的离去让这么多人潸然泪下？为什么一个如此平凡、如此朴实的基层国土人会有这么好的口碑？因为他心里装着这片土地，心里装着群众！”福建南平国土资源局一位基层国土资源人的这个评价，应该说是非常中肯的，充分反映出韦寿增崇高的精神品格。

【采访手记】 对于每一个国土资源人来说，我们在丈量着土地，土地亦在丈量着我们的内心。有多少人能真正做到在“利”字之前毫不动心，为国土事业恪尽职守，又有多少人能在走向黄土的那一刻自豪而无愧？在采访韦寿增的事迹过程中，我们一遍又一遍感动于韦寿增的执著和信仰。

韦寿增常说：“我是从农村走出来的，是农民的儿子，我知道哪怕是一分一毫，对农民来说都是多么珍贵！”话不出奇，但见心见肝。同事农碧欣回忆说：“心中怀有感情，尺子带着责任，他希望让自己丈量的一分一厘土地都得到群众认可。只要涉及群众利益的事情，韦寿增总是无比耐心细致。”

在韦寿增的身上，信仰、使命不是空洞的名词，而是一种力量，这种力量让我们泪流满面，这种力量让我们抖擞精神，这种力量驱使我们不断追求“信仰、使命、正义、良知”，这种力量来自于你 ——

为使命而活的人。

4. 作为一个党员，绝不能见困难就躲，见矛盾就避

在安宁乡下河村，我们找到了一位名叫黄姆暖的普通农村妇女。黄姆暖身世颇为坎坷，丈夫很早就去世了，多年来都是与母亲相依为命。

可能是因为第一回面对采访，黄姆暖表现得很拘谨，好半天也说不出几句话来，采访几度陷入“冷场”。然而，当我们一聊到“小韦”的时候，她原本略微有些木讷的脸上，却立刻浮现出了微笑，话也一下子就多了起来。黄姆暖说，乡亲们喜欢称呼韦寿增“小韦”，因为大家都觉得这个小伙子随和而又亲切，都愿意跟他亲近。半个多小时的短暂采访中，黄姆暖说得最多的一句话就是：“小韦是好人，帮了我很大的忙。”

黄姆暖说的“这个忙”，与她一块“失而复得”的宅基地有关。

上世纪 90 年代初期，因为没有查实，村里将本应属于黄姆暖家的宅基地“误”批给了当地信用社的一个干部岑某盖了房。黄姆暖自然不同意，她马上找到村里。经过协调后，岑家口头答应给她赔些钱。一向本分老实的黄姆暖考虑到岑家并非故意，而且此后又已经答应给予赔偿，于是也并不准备过多纠缠，想着只要能拿到点赔偿款，就不再追究了。

可让人没想到的是，岑家盖好了房后却突然翻了脸！不仅赔偿的事一拖再拖，十几年不见分文，而且还变本加厉，在 2006 年的时候偷偷摸摸私自扩建了住房，居然又多占了黄姆暖 40 多平方米的土地面积！

为了这件事，黄姆暖一次又一次找岑家协商，可得到的却是一次又一次的失望，对方不仅对赔偿之事闭口不谈，后来干脆把住房

转卖给了另一家人——这一下，黄姆暖更被动了。她找到岑家索赔，岑家推脱说房子已经卖给别人了，你去找买家要钱去。她又去找买家，可人家更不搭理她，说自己是从岑家买的房，钱都已经给岑家了，你黄姆暖有什么事情就找岑家去，赖着我们干什么呢？到了最后，甚至还有人威胁黄姆暖：要是敢继续"纠缠"，就"让你好看"！孤立无援的黄姆暖又气又急又怕，想着被人硬占走了的土地，眼泪不知道流了多少。

有好心的老乡看不下去，就偷偷告诉黄姆暖，你去找国土所的小韦，看看他能不能帮上忙。黄姆暖于是找到了安宁乡国土资源所，韦寿增热情地接待了他。听了黄姆暖的述说，又调阅了相关资料查清了前因后果后，韦寿增义无反顾地站了出来。

韦寿增首先去找岑某做思想工作。考虑到韦寿增也是个国家干部，岑某一开始还挺客气，可次数一多、时间一长，岑家渐渐失去了耐性，韦寿增照样碰到了脸难看、门难进的尴尬情况。不仅如此，后来还有人专门递话给他："你韦寿增为了帮一个农村妇女得罪人，将来准没好果子吃！也不好好想想，这么做到底值不值得？"

可韦寿增的回答是："作为一个党员，绝不能见困难就躲，见矛盾就避，群众的利益被侵犯，我不但要管，而且要一管到底！"为此，他不知疲倦地一次又一次找街委干部调查取证，找公正的农民出来作证，还一直保持跟岑家、马家沟通，反复言明利害关系，不知道看了多少脸色、说了多少道理。2009 年，经过不懈的努力，这场长达 3 年的马拉松式纠纷终于调解成功，黄姆暖获得了应得的赔偿 1.3 万元。

这件事的前前后后，安宁乡的很多干部群众都知道。每当议论起这件事，大家最后都会感叹一句："小韦不畏难，不怕得罪人，是真把群众的事情放在心里。"这样一句表扬，听起来风轻云淡，实则重于千钧——真把群众的事情记在心里，不像说的那样简单，敢于坚持原则不怕得罪人，其实需要极大的付出和坚持。

在解决了黄姆暖的这个难题后，韦寿增就从不与别人再聊起过这件事情，只有朋友们偶尔当面提起这件事情时，他才会说一句："其实真的没有什么好说，群众再难的事情，也得放在心上。"

英雄不是自封的，而是人民认可的。

只有那些坚定地维护人民利益，与人民贴心的人，人民才会将他奉为英雄。百姓心中有杆秤，谁是谁非心明眼亮，谁可敬、谁可亲，群众的心最能感受到。真心关心群众、爱护群众、帮助群众，为群众排忧解困，时刻把群众的冷暖放在心上的人，就是老百姓心目中的"真心英雄"！

【采访手记】 1956年，在党的八大召开之际，一位诗人写下了这样的感触："不要忘山乡水村的那些母亲，不要忘一同睡过破炕席的兄弟，也不要忘缝缝补补的姐妹情谊，他们的烦恼和困难要多多深思。这是我们的本色也是我们的来历，把它像石碑一样刻在心里！人民，这就是共产党员的上帝，所有的上帝都比不上他那样神奇！"诗人能用美丽语言诠释的共产党人的公仆本色，是因为有更多的共产党人，用自己的行动给他们提供了动人的素材。

基层干部是最贴近百姓的，他们对群众的疾苦、愿望、诉求最了解，是基层群众可以直接依靠的人。基层干部职位虽然不高，但肩负着完成党和国家发展大业以及维护好、发展好人民利益的重任，没有高度的使命感是难以胜任的。韦寿增所奉行的"群众事无小事"的理念，体现的其实就是一种高度的责任感，他以自己的实际行动，搭起了一座联系当地群众与党和国家的连心桥。

第六章

赤诚一片润心田

一开始，村里人都不相信这个小伙子，有的老人甚至不留情面地说："年轻人啊，我们在这里活了几十年了，这块地该种什么，你还能比我们清楚？要是种烟，万一将来卖不出去只能拿去喂猪，恐怕猪吃了都嫌嘴巴苦呢！"话很难听，可韦寿增却不急不恼，为了打消大家的顾虑，他当场说："技术方面由我全部负责，要是烟种下卖不出去，我给你们赔钱！"

看着眼前这个扒心扯肝的要让大家过上好日子的小伙子，村里人下定了决心整理苗圃、烟地。2007年到2008年，全村破天荒第一次种下了250亩烤烟，当年就获得了每亩2500多元的经济效益，比原来种植玉米时的收入整整多了近10倍！

事业往往在成就一个人的同时，也成就了养育这个人的那片土地。

生于斯，长于斯，一方水土养一方人。但同时，一个人也可以激活一方水土，哪怕这是一片再贫瘠、再平凡不过的水土。

一个人的生命或许是渺小的，但是，一旦个人的生命与群众、与整个国家的命运相联系时，个人的生命价值系数就得到无限的增大，就有了生命的无限价值，就成为了一个大写的“人”字。

韦寿增爱他的妻女，他是一个深情的丈夫与父亲，然而，在他的心中有一种更大、更深、更重的爱。这种爱超越他个人的家庭得失，这种爱让他有山一样厚重的责任，这种爱使他痛苦着他人的痛苦，欢乐着他人的欢乐，与人民群众血脉相依，息息相通。

他就像从云雾中射下来的一束光线，让人看到了人生的另一片天空，一片可以让你的心变得更辽远、更明亮、更温暖的天空。他坚守着自己心中的追求，就像兵士坚守着战役的高地——

谁把人民放在心里，人民就把谁举过头顶。一个让群众感到离不开的基层党员干部，是他的人生也是他践行信仰能够达到的最高境界。

1. 要是烟种下卖不出去，我给你们赔钱

直到如今，安宁乡古庞村的五保户老人蔡大同还是不愿意相信韦寿增的离去。老人常常坐在自家门口，朝着村口看了又看，还时不时问过往的乡亲：“小韦怎么好久不来看我了？他以前来村里，总是带菜、带米来看我，还爬上屋顶帮我修瓦片。是不是他调走了？还是他已经忘了我这个老头子了呀？”

其实，忘不了韦寿增的，不仅仅是这一位老人。5年前，从韦寿增开始兼任古庞村的驻村干部那一天开始，他就和村里的每一位乡亲都结下了深厚的情谊。

2006年6月的一个中午，烈日当头，天空中一丝风都没有，正是一天中天气最热的时候，村里人三三两两坐在屋里或树荫下，乘着凉，有一搭没一搭地聊着天。古庞村的村口，停下了一辆旧摩托车，一个头戴大草帽，穿着一身旧迷彩服的小伙子走下车来。

一进到村子，小伙子就不停地和遇到的村民打招呼，主动介绍自己说："我叫韦寿增，是乡里派来挂村的，大家以后叫我小韦就好了。"他一边说着，一边把自己的姓名、电话号码等联系方式写在纸条上，恭恭敬敬地递给对方："这上面是我的联系方式，以后不管有什么事情，尽管来找我。"

这个眼神如清澈泉水，神情中透着几分憨厚质朴的年轻人，一下子就赢得了全村人的好感，村民们拿着纸条，上下打量着他，都觉得这是一个朴实、热情的好小伙！事实上，韦寿增在古庞村挂点工作的6年时间里，他所做的每一项工作、每一件事情，也都和他当初给人们留下的印象一样，都是一片满满的赤忱真心。在村民们眼里，韦寿增不是什么干部，不是什么领导，而是他们所有人的好侄子、好兄弟，是他们可以依靠的最亲近的人！

古庞村地处边关，与越南仅一山之隔。全村有8个自然屯，2100多人，山高路远，是靖西县安宁乡较为边远的一个行政村，也是一个国家级贫困村。由于自然条件的限制，这里的老百姓生活十分艰难，大部分的家庭都是靠从事传统的种养业挣得微薄的收入。

韦寿增来到这里后的第一件事，就是考虑着如何做好产业结构的调整。为了这，他几乎跑遍了全乡所有的沟沟坎坎，勘查地形、考察民情、倾听民意，寻找致富锦囊，足迹踏遍了所有的人家，生生磨破了好几双布鞋。

"寿增就是一门心思在想办法让村里人把收入提上来。"村委会主任张胜标回忆说："那阵子，他常常跑过来和我谈这个事情，一天到晚琢磨的，就是怎么让大家的日子能过得富裕些。”

身为国土所所长的韦寿增，最终把突破口放在了他的老本行上——利用好古庞村现有的土地资源，带领乡亲们致富。提取土样让有关部门进行检测分析，又经过一番深入细致的市场行情调查，他决定把在老家地州乡种植烤烟的经验和技术带过来，动员古庞村的老百姓种植烤烟。

为动员村民科学种植，规模种植，韦寿增耐着性子，不知疲倦地一户一户地跑，一家一家地劝，鞋子跑破了，嗓子说哑了。可最终，还是有村民不领情，有的老人甚至不留情面地说：“年轻人啊，我们在这里活了几十年了，这块地该种什么，你还能比我们清楚？要是种烟，万一将来卖不出去只能拿去喂猪，恐怕猪吃了都嫌嘴巴苦呢！”

话很难听，韦寿增却不急不恼，只是笑笑。他找到村委会主任张胜标商量说：“主任，你来给大家带个头吧！”可张胜标也是半信半疑。为了打消大家的顾虑，韦寿增当着所有人的面立下了“军令状”：“销售方面由我全部负责，要是烟种下卖不出去，我给你们赔钱！”

看着眼前这个扒心扯肝的要让大家过上好日子的小伙子，张胜标也下定了决心，召集大家整理苗圃、烟地。在穷了几辈子的乡亲们看来，没有什么能比一个实实在在的过上好日子的希望更能打动他们的了。这年的冬天，山里格外冷，古庞村人的心却格外热。全村男女老少苦战一个多月，把村里的田地全都好好整饬了一遍。

从那以后，韦寿增忙完了乡里国土所的工作，挤出所有的时间扑在这片地里，面对面地向村民们传技术，手把手地教大家搞栽培，和老百姓同吃同住同劳动。在他的带领下，整个古庞村“户户都有技术员，家家都有明白人”。

2007 年到 2008 年，全村破天荒第一次种下了 250 亩烤烟，当年就获得了每亩 2500 多元的经济效益，比原来种植玉米时的收入整整多了近 10 倍！

卖掉烤烟叶拿回收入的那一天，村子里好多人乐得做梦都在笑，整个村都激动沸腾了。就连当初笑话过韦寿增的那些村民，也忍不住不好意思地说："当初韦所长带领我们种烤烟，我们还想不通，可现在我们每家仅烤烟一项，平均就有一万多块的收入啊，小韦可真是我们村发家致富的领路人！"

【采访手记】 我们赶到古庞村那天，正是一个晴朗的日子。阳光懒洋洋地铺撒在这片土地上，村民们正挥舞着手中的农具在自己的地里忙活着，不远处，朱村里刚盖好的新房在阳光照耀下分外醒目。"长得不错！"抹一抹头上的微汗，劳作的村民们一脸满足的笑容。

这一切，其实离不开韦寿增当初那句——"要是烟种下卖不出去，我给你们赔钱！"

这一句话，别看他说的这么轻巧，但实际上，背后的故事远没有这么简单。值得思量的问题是，万一烤烟真的卖不出去，万一碰上了难缠的自然灾害，原本清贫的韦寿增，他靠什么来弥补村民的损失？换句话说，韦寿增是承担着甚至让他倾家荡产的风险，只为了换取村民们的信任。他明白，要想让村民有信心，必须要有看得见摸得着的实惠，必须要有毫不含糊的支撑与帮助。这朴实的话语，正饱含了一名共产党员的赤诚。

韦寿增的这种经历，对于任何人来说其实都是考验，或者说是一道坎儿，都是难以接受的，而且，客观地说，不是每个人都能从这道坎儿迈过去的。但是，正是靠着对群众的一片赤诚，他做到了！

2. 我的好侄儿，多谢你了，这碗酒是我敬你的

在一个人执著地追求中，必蕴含着一种深沉的爱。勤劳、淳朴、一生劳作的父母要求甚少，对韦寿增最大的期望就是“好好工作”，韦寿增在他们身上深深地感受到中国劳动人民身上那金子般的美德。

这种刻骨铭心的挚爱，其实就是韦寿增一生与人民群众血肉相连的根。群众的每一点难处，每一点苦处，都是韦寿增心中的痛，全心全意为人民谋利益，是他生命中最炽热的追求！

在古庞村，弄刷、弄因屯因为位置更加偏僻，自然条件更加恶劣，祖祖辈辈走的是“羊肠路”，喝的是“望天水”，生活非常艰苦——

一根扁担挑断了，再削一根新扁担；一对木桶滚下了山，再打一对新木桶。老天啊，怎么还不下雨？尽管扁担换了一根又一根，木桶换了一对又一对，这两个屯的村民却总是不能歇下来，牲口不能渴死，人更不能渴死啊！

春雨贵如油。春耕季节，有春雨飘洒，农民们高兴啊，那欢畅的笑容比春光还要灿烂。夏季来临，大雨义无返顾地下着，每户人家家里的桶啊盆啊罐啊，全都装满了雨水。可这水也只能尽量省着用，早上洗脸之后留到晚上洗脚，晚上洗脚之后留到第二天早上喂牲口。

然而尽管节约着用，又能用多久呢？还是得挑着水桶赶着牛车到很远的地方去找水，往返一次少则半个多小时，多则两个小时。村里人背上一篮脏衣服到水边去洗，天不见亮就出门，天黑才回来，到家后篮里的衣服差不多干了；孩子在村外牛脚迹窝里用小手一捧一捧地把浑浊的脏水捧进竹筒的时候……

在这些村屯，对于上了年纪的人来说，这样的场景历历在目。

了解了情况后的韦寿增，心急如焚。第二天天不亮，他就拉着村干部上了山，沟沟峁峁、七梁八坡，整整跑了十几天，钻山沟，

查看水源。找到水源后，为顺利地让这两个屯的老百姓家家建成水柜，他白天跑县里落实资金，晚上赶四五十公里路回村里和大家商量事情，来回奔波了整整两个多月，直到28户村民全部建好水柜。

水柜全部建好的那天，村民们设了个简单的庆功宴，80岁的杨阿公斟满一碗土酒，亲手端给韦寿增，动情地对他说："我的好侄儿，多谢你了，这碗酒是我敬你的！"

从此，四处找水不再成为人们记忆中不愿再触及的往事；老少齐上阵，只为从数公里外弄回一点浑浊的"救命水"，不再是全家工作的中心；下雨天屋檐下接水的坛坛罐罐，也早就不见了踪影……一位老人抑制不住内心的喜悦，接起一碗自家水柜里的水喝了个精光："喝了几十年的浑水，想不到今天还能喝上这干干净净、清清亮亮的水！"

采访中，这位老人对我们说，他当了一辈子的睁眼瞎，扁担大的一字都不晓得，但他会写"水"这个字。说着，他拣起一根木棍在地上划了起来，虽然笔画歪歪斜斜，可我看见老人的一行热泪滴在了字迹上。那情景，令人永难忘怀。

韦寿增把村民们当亲人，他走到哪个屯，就把对亲人一样的关心带到那里。村民告诉我们，念定屯有位56岁的孤寡老人叫许朝万，因2002年初患过一场大病，导致半身几近瘫痪，生活很困难。韦寿增知道后，每次到屯里，他都会从自己微薄的工资中挤出一些钱来，会给老人带去米和油等生活用品。老人很是感激。得知韦寿增去世了，老人泣不成声，他把年前韦寿增给他买的那桶花生油供奉在堂屋的八仙桌上，不舍得吃。老人哽咽着说："看到这桶油，我就像看到寿增一样，寿增他……他可真是个大好人啊！"我知道，老人家供的不仅仅是一桶油啊，他供的分明是一名基层党员干部对老百姓的那一片赤诚之心！

82岁的五保户老人黄庭波也总念叨："我屋上的瓦片因为下大雨掉下来，屋里漏雨，我急得哭了。小韦对我说，爷爷不要怕，我来帮你做工！"

在古庞村弄通屯采访时，我们在屯里一间刚建好的屋子前看到蔡大同老人，只见他佝偻着身子坐在门前，眼睛一直望着村口。村干部告诉我们，自从韦寿增挂点来到古庞村后，他就像关心自己的亲人那样一直关心着老人，常常坐在老人的床边和他说话，给他捎去吃的、用的东西。看到老人的家已经成了危房，韦寿增又联系乡里的民政部门，帮助老人盖起了这间砖混结构的小平房。

考虑到老人年事已高，怕他经受不住打击，直到现在，还没有一个人把韦寿增已不在人世的消息告诉他。所以，他还是每天都坐在家门前守望着村口，盼望着韦寿增那个熟悉的身影。见到我们过来，老人吃力地站起来，问我们："同志，你们是乡里面的干部吧？你们看见寿增了吗？他可是好久都不来看我了。他答应过要和我一

在古庞村弄通屯意见刚建好的屋子里，蔡大同老人向记者讲述他心中的"小韦"

起搬新家的，怎么不见他来呢？”看见此情此景，现场所有的人无不为之动容。

虽然韦寿增已经离开人世，但村里的老人还是不愿意相信这是真的。可韦寿增真的走了，走得是那样匆忙，来不及看一眼思念着他的古庞村的乡亲们。

“他是个好干部，一身泥一身土，跟我们在地里扑腾，怎么看都不像个‘官’。跟着这样的好干部，我们心里踏实，有盼头。可惜，好人不长命呀！”村民们扼腕痛惜。

张胜标说：“古庞村每个屯的群众几乎都认得他。在村民眼里，他是大家的好兄弟，好侄子。韦寿增帮扶我们村几年来，村里的农业产业结构调整、危房改造等工作，村民们都很满意。到现在，村里95%的危房已经改造完毕，建了100多座沼气池，还种下了1.3万棵果树。村里的人均收入从2002年的181元，上升到2009年的2000多元。”

古庞村村支书许少克说：“有小韦来，我们就有主心骨了，他很朴实，和农民的心贴得很近，处处为我们着想。每次来，都先问我们村里五保户的生活情况，每年冬天或三四月份时，他都会走访困难户，看看需不需要帮助。我也听有人说过，韦寿增是这里的‘土地爷’，只要他肯睁只眼闭只眼，一年十来万元轻松到手。曾有一个贵州老板找到韦寿增说要‘合伙’挖锰矿，不用他出一分钱，每月可以有一两万元收入。说了几次，每次都被韦寿增严词拒绝了，那个老板最终也没敢再打歪主意。”

山里人交朋友是以心换心。他们对这位国土人的情意，让每个人都能更深切地触摸到了韦寿增的一颗火热的心。韦寿增熟悉这村里的每一棵树、每一道坎、每一寸土地，熟悉这里的每一个人，他的双脚踏遍了这小山村的山山水水，他的事迹也印在了每一个老乡的心中。

【采访手记】

没有名字的鲜花，一样会在春天说话；

没有芬芳的小草，一样会被大地牵挂；

没有耀眼的光环，同样能够照亮远方；

没有讲完的故事，已经流传万户千家。

有人说，这个时代的纷繁复杂就在于，既有乡村教师李灵一斤斤称出的责任，也有郭美美空虚浮躁的手袋；既有“最美妈妈”吴菊萍用双臂托举的精神之花，也有彭宇诉讼引发的道德迷思。“小悦悦被车碾压无人救助”、“老人摔倒无人敢扶”等事件，一度引发国人对社会道德滑坡的担忧。但频繁涌现的平民英雄，用平凡的壮举提振着公众重塑道德的信心，也告诉每一个人：中国经济的腾飞，绝不可能建立在社会道德总体滑坡的基础之上。

如果说，带动群众致富算是挂点干部的工作职责，是他分内的事情。那么，当韦寿增同志了解到孤寡老人许朝万身患大病后生活不能自理，又是什么原因让他每次到屯里，都会从自己微薄的工资中挤出一些钱来，给老人带去生活用品？就是因为韦寿增把人民的事当成自己的事，把人民当成自己的亲人，甚至为了人民，甘愿让自己的利益受到损失。

我们这个时代，并不缺乏高尚，爱与责任从未被遗忘，人心向善始终是推动社会向上的伟大力量。

3. 甘荷村的篮球场

甘荷村的一块小空地上。

村民们按壮族的习惯，聚在一起，在空地上摆放着十几桌酒席，欢度八月初二。

村民们载歌载舞，热闹非凡。

一个孩子问："妈妈，为什么八月初二这么热闹？"

"这是我们壮族的节日，它叫社公节，也叫做社。一年过两天，一天在八月初二，另一天在二月二，在这一天啊，大家在一起吃合伙饭，一起商量事情，团结起来力量大啊！"妈妈说。

旁边一个中年妇女接着说："我们国家有五十六个民族，不光是我们壮族，很多民族都有这样自己的节日。"

韦寿增和他的父亲等人围坐在一张桌子旁。一位老人打量着周围说："我年年都在这里过八月初二，原来在这里摆几张桌子就够坐了，可是现在呢，你们看看，摆这些桌子已经坐不下了，可要再多放几张桌子，这块空地又不够用了。"

韦寿增的父亲说："地还是那块地，人可比原来多多了。"

一个孩子忍不住插嘴说："我们连玩的地方也快没有了。"

老人说："是啊，还有村头的那条路，多长时间的都没修过了，现在也很不好走，别说孩子，大人走路都容易摔跤。"

韦寿增听着，若有所思。他悄悄离开桌子，从人群中缓缓走过，来到村长旁边："现在跟过去比可大不一样了，人多活多，没个大点的地方真是不方便，还真会耽误事。还有这路也是，是时候要好好修修了。"

村长说："这我也知道，可是年年大家都这么过，你又有什么好办法？"

"我想，就把这块小空地好好改造一下。"

"怎么改造？"旁边一个村民好奇地问。

"上面老说要建设新农村，要丰富大家的文化生活，我想把这块地建成一个篮球场。"

马上有村民不以为然了："你也真能想，你去看看有几个村里有篮球场？"

韦寿增摆摆手说：“该有的条件我们都有，缺的就是干，咱们壮家人心齐，明大理，十有八九没问题。有了篮球场，用它开个会、搞个活动、锻炼身体都有地方了，还可以方便干农活，这在我们山区可是能派上大用场啊。”

村长稍稍一想，又站起来环视了一下四周：“嗯，是个好主意啊，一举多得。正好大家都在这，哎，我们一起再商量商量。”

他站起身来，大声说：“乡亲们，乡亲们。小韦建议要把这块空地改造成一个篮球场，现在正好大家都在，赶快商量商量，看看行不行啊？”

大家一听，更热闹了，纷纷在议论着。

一个村民问：“小韦，这事情我们能干，但是这钱怎么办？”

韦寿增说：“还像过去一样，有钱出钱，有力出力。我出一百块，回头开工的时候，我也来。”

大家纷纷响应着：“我出五十。”

“三十。”

“我家出两个人。”

村长说：“村里也能拿出些钱来，说干就干，明天就干。”

现场一片沸腾。

一个多月后。

甘荷村崭新的篮球场，孩子们追逐着飞舞的篮球嬉闹着。老人们在旁边微笑着看着。

球场旁边的宣传栏上，张贴着一张红色的纸，上面是修建球场人员的名单，“韦寿增”三个字，就在榜单的最上方。村里人记得，韦寿增领着女儿从这里路过，他深情地打量着篮球场，长长地舒了一口气……

像这种“篮球场”的故事，并不是唯一的例子。对于这个憨厚

甘荷村崭新的篮球场，每逢节假日，都有孩子们在这追逐嬉闹

村支书李道同指着这张红色的榜单说，上面是修建球场的人员名单，
韦寿增的名字在最上方

老实的小伙子，村里人可以说起的有太多太多。

“我们见他回来，老远就跟他打招呼。村里老老少少都夸他为人实诚，记挂着他的好，当了国家干部，可一点官架子也没有，秉性脾气也没有变，还是从前这里走出去那个淳朴的农家娃。寿增每次回村，遇见老人，躬身向前打招呼，嘘寒问暖。”甘荷村甘下屯屯长韦夫边哽咽着对我们说：“为了让拖拉机能够直接开进烟田，每年的9月初，韦寿增都会召集村民们修路，把只有1米宽的羊肠小道，拓宽平整到2.5米宽。”

我们来到甘荷村的那天，几名村民正在用锄头和铁铲拓宽平整道路，可是惟独缺少了韦寿增那熟悉的身影。

【采访手记】 世界上有什么样的情感，可以让一个人为了他人的好日子掏尽心窝？世界上有什么样的力量，可以让心与心结成无坚不摧的铁壁铜墙？在这个小山村里，我们再次见证了它，那就是一个共产党人与人民群众的血脉相依！

我们来到韦寿增当年工作过的这些地方，涌上门来要“说说韦所长”的人扎成了堆。一位老人红着眼圈掏出一句让人心热的话：“寿增这个小伙子，是把老百姓捧在心尖上，知冷知热，舍心舍命要让大家过好日子呀！"村民们还告诉我们，韦寿增挂点的这几年，小到夫妻拌嘴，大到沼气池建设、土地纠纷等，村里的大事小事他总是挂在心上。如今，韦寿增走了，永远离开了他所热爱的乡亲们，可老百姓谁也不愿意相信这是真的。他跟村民一起下田、种地，一起下棋、拉家常的情景就仿佛在昨天，他的样子是那么亲切，他的形象已深深地印刻在了每一个村民的心里，让他们如此的难以忘记。

一颗金子的心，换来的是金子的情。走在韦寿增当年曾经指导过的田地里，看着每家每户用沼气生火做饭时那蹿动着的蓝色火苗，看着村民们那一双双饱含热泪的眼睛，仿佛也看到了韦寿增在村里来回奔波忙碌的身影，我们更明白了为什么村民们对韦寿增是如此的思念和不舍。因为，韦寿增时时刻刻都把群众的冷暖放在心上，视老百姓为亲人；因为，他始终都把做好群众工作视为履行国土资源管理职责的基础，时时刻刻紧紧地依靠着群众，服务着群众。

第七章

照见心底的试金石

看到韦寿增位于地州乡甘荷村的老屋时，我们沉默了。

这个家狼狈不堪：这栋已经历了 70 多年风雨的土屋，是村里最老旧的房子。屋顶和外墙到处是破洞，屋内光线暗沉，地上、床边甚至在蚊帐的顶部，都摆放着用来接雨水的盆子。妹妹的卧室是从大堂切分出去的一个狭小空间，没有床，席子就铺在木质地板上.脚下的木板颤巍巍的，似乎只要稍稍用劲就能踏破。除了昏暗的电灯，那一台小小的黑白电视机，就是这个家里唯一的电器了。韦寿增的父母、84 岁的爷爷和 85 岁的姑婆（爷爷未出嫁的姐姐），以及患病生活不能自理的大妹，一直就住在这里。

韦寿增的家人也不是没对他有过一点怨言：“只不过是在自家的宅基地上翻盖房子，你作为一个国土资源所所长，难道就没有一点办法吗？”韦寿增的内心不苦吗？苦。哪个哥哥不疼妹妹，哪个儿子不愿让家里的父母老人过得幸福快乐一点？哪个父亲不想让女儿有更优越的生活条件？但是，当要圆满这种亲情就可能要动用手中的权力时，韦寿增宁愿自己承受生活的重担。

1. 没能报销的 20 元交通费

直到今天，农汉卿还为没有能帮韦寿增报销 20 元交通费感到内心不安。

2010 年 1 月 20 日，寒风刺骨，细雨蒙蒙。韦寿增接到回安宁乡开会的通知后，向农汉卿请了假，一大早便赶回乡里。会议开得很紧凑，上午就结束了，已经请了一天假的韦寿增，本可以回到县城的家里休息半天。但韦寿增没想着这些，而是担心如果在家休息，协助他工作的当地乡、村两级干部就会白跑一趟。于是会议一结束，他顾不上休息片刻，自掏腰包买了 20 元钱的车票，中午就赶回到几十公里外的征地现场。

看到冒雨赶回工地的韦寿增，农汉卿非常意外。

“会议结束了。”韦寿增说。

“不是请了假吗？开完会好好休息半天吧，路这么远，明天再来也行。”

“快过年了，大家的时间都很紧，不要因为我耽误了大家。”韦寿增回答。

望着眼前这个执拗的年轻人，农汉卿既无奈又欣慰，从钱包里掏出 20 元钱递给韦寿增说：“那这样，车票钱我给你报销了，不能让你出了力还自掏腰包。”

“我已经请假了，现在是我自己过来了，而且买票前没有事先向您请示，不能算公事。”韦寿增一把推开，执意不收。

农汉卿心里清楚，20 元钱虽然不多，但对韦寿增来说，这至少是他 10 天的早餐钱。因为家庭经济负担重，为了省钱，只要在家，韦寿增从来不在外面吃早饭。他参加工作时为了下乡方便购买的摩托车，一用就是十几年，早已破旧得不成样子，而且配件老化，故障不断，他总是修好后继续用，舍不得换新的。

提起韦寿增家庭的困境，韦寿增一位在县城工作的姑丈唏嘘不已：韦寿增三兄妹，他是老大，也是家里独子。住在农村老家的84岁的爷爷和85岁的姑婆以及患病的妹妹全靠他抚养，至今还住在四面透风、破旧得让人无法想象的房子里。年过半百的父母跟随他住在县城。他的父亲身体不好，病得很重，几个老人及患病的小妹都没有工作，女儿今年3岁多，也正是花钱的年纪。为了维持日常开支，他经常是一分钱恨不得掰成两半花。

"作为管理全乡土地和矿产资源的国土所所长，只要动点心思或者在执法时'网开一面'，完全可以很快脱贫致富的。何况他所在的安宁乡不仅锰矿资源丰富，采石场也不少。"了解他家庭困境的一位矿主说。"违法的事咱不能干！"面对违法用地者和矿主们的利益诱惑，韦寿增总是态度坚决。经他处理的违法者中，有的是他的熟人甚至是曾经的好朋友，他为此得罪了不少人。

【采访手记】 都说国土资源管理行业是一个高风险行业，为什么这样说呢？无外乎国土资源管理部门负责土地整治、地灾防治、征地拆迁等工程项目，掌握着有关土地、矿产各种规费的收缴权。自控能力差的人，往往把岗位当做谋取个人私利的平台，滥用职权，肆无忌惮地索、拿、卡、要，不给好处不办事，给了好处乱办事，损害了国家和人民的利益，损坏了部门形象。

对于那些心存贪念、唯利是图的人，我们从事的这个行业当然风险较高。要想在国土资源这个经常会面临诱惑的行业中，远离风险，就应该像韦寿增那样，克己奉公，时时处处严格要求自己，不该得的财物坚决不要，不该去的地方坚决不去，无论家庭暂时有多大的困难，都不能成为个人损公肥私甚至贪赃枉法的理由，要始终保持清醒的头脑和坚定的立场，在诱惑面前做到任凭风浪起就是不动心。倘若我们这支队伍中的每个人都能做到这一点，行业风险又从何而来呢？

2. 这事你也不能干，免得我们连朋友都做不成

经韦寿增处理的违法者中，有的是他的熟人甚至是曾经的好朋友，他为此得罪了不少人。不止一个韦寿增的同事和朋友告诉我们，他是一个特别实在的人。同事或朋友之间有事求到他，他能办则办，不能办就当面拒绝，从不开什么空头支票，凡是他答应的事情，不用催他，不管过多久，他都不会忘记，到时候准会告诉你结果。办不了的事情，他连一点想头或者回旋的余地都不给你留。就像陈佩斯和朱时茂小品的台词一样，“没什么说的。”他说完了，你也就别再惦记了，再怎么求他也是枉然。

收入有限，家庭负担又很沉重。韦寿增只能靠周末骑着旧摩托车回老家侍弄烟田。每年卖考烟的几千元所得，是他唯一的“额外收入”

一次，一个好朋友兴冲冲跑来找韦寿增，却并不说什么事，而是神秘兮兮地先把他请到了一个饭店。

“老朋友，见你一面可真不容易啊，请请请！”老朋友一看到韦寿增走进来就热情地张罗着。“你说你，把我约到这里来干啥？有什么事情就直接说吧。”韦寿增笑着说。

“先坐先坐，边吃边说。”“有什么事情？你说完了再吃，不然，我吃得不踏实。”

朋友笑嘻嘻地说：“什么事？好事！我呀，想跟你一起开个锰矿！”韦寿增看着他，顿时就明白了：“打这主意的人可不少啊。”朋友说：“咱们安宁乡虽然经济不怎么样，可是矿脉却很发达。你是这里的土地爷，你动动嘴，我们跑腿，收入分红嘛，都好说！”“这也可以算是我们合伙吧？可是我可没有本钱！”韦寿增开着玩笑说。

朋友以为他松了口，连忙说：“不要你韦寿增出一分钱，更不要你出一分力，我保证每个月给你一万元以上的分红。只要兄弟你在执法时留些情面，或者在整治时提前给报个信。”同时他还不忘“保证”：“我们一定全按你的要求去做，绝对不会出任何纰漏！”

韦寿增没等听完，就斩钉截铁打断了朋友的话：“这账我早就算过了，这事要能做我早就做了。但这是违法的行为，我不能干！国家明令禁止的事情，想都不要想。”一边说一边就站起身来往外走。末了，不忘嘱上一句：“这事你也不能干，免得我们连朋友都做不成，免得将来要大义灭亲，我心里难受。”

按照时下一些人的眼光，韦寿增这个国土所长，虽然官不大，却有权，坐在那儿用不着说什么，只要心思“活络”一点，每年几万的“好处”唾手可得。韦寿增十分了解社会，知道自己的位子有多大的“含金量”。然而，在他的天平上，就是一座金山，也撼不动一个“法”字。局领导说：“十多年来，韦寿增经手办理的业务，没有发生一起违规违法行为，没有利用手中的权力为难过一位用户，更没有利用自己的工作为徇私情开过一个口子。”韦寿增担任国土资源所所长的8年间，手中的权力，一尘不染。

【采访手记】“既要保红线，又要搞服务；没有双休日，天天都忙碌。”顺口溜一方面传递出国土干部的辛苦，另一方面表明他们手上权力多、权力大。土地和矿产资源具有巨大经济利益，对于一些开发商和矿老板来说，拿到土地和矿产资源，已成为他们暴富的捷径。手握国土资源管理权的人，容易成为不法商人拉拢腐蚀的对象。

就像一位老国土人感叹的那样：“俗话说，常在河边走，哪有不湿鞋。我们不是在河边走的问题，而是衙门口就立在岸边，一有风浪就会泼湿你。特别是一些心怀叵测的人，故意舀水往你身上浇。在这种态势下，稍有不慎就可能被淋湿，意志稍有动摇就会被腐蚀，走上犯罪道路。”

即使在国土所长这样基层的岗位上，国土员也都知道，国土执法工作中最难闯的是人情关：张三写条子，李四打电话，都要你帮忙照顾，还有送烟酒、请吃喝的，都是为了千方百计打通关节，达到自己的目的。韦寿增经受住了这种种考验：“我不是不认情，也不是不认钱，只是做事得认‘理’！”在原则问题上，韦寿增的确是一把铁锁，任何人过不了他这道关。

一辈子很短，如果用它来谋取物质的享受和个人的利益，生命如随水而逝的落花，留不下一丝痕迹。一辈子也很长，如果把个人的奋斗融入党的事业和人民的利益，那就成为了信仰的坚守，即使生命归于结束，在信仰的坚守和传承中，一辈子就变成了永远。

3. 这个家，破旧不堪

看到韦寿增位于地州乡甘荷村的老屋时，我们沉默了。

这个家破旧不堪： 这栋已经历了 70 多年风雨的土屋，是村里最老旧的房子。屋顶和外墙到处是破洞，屋内光线暗沉，地上、床边甚至在蚊帐的顶部，都摆放着用来接雨水的盆子。妹妹的卧室是从大堂切分出去的一个狭小空间，没有床，席子就铺在木质地板上。脚下的木板颤巍巍的，似乎只要稍稍用劲就能踏破。除了昏暗的电灯，那一台小小的黑白电视机，就是这个家里唯一的电器了。韦寿增的父母、84 岁的爷爷和 85 岁的姑婆（爷爷未出嫁的姐姐），以及患病生活不能自理的大妹，一直就住在这里。

可实际上，韦寿增的老家地州乡并不十分穷困，相反，它是靖西县小有名气的烤烟乡，因为种植烤烟，村民们都有着不错的收入。2002 年的时候，乡里就开始号召村民们种烟，但大家对这个建议却并不怎么放在心上，积极性也不高，韦寿增便第一批带头种植。为了提高烟田产量，韦寿增还经常向农科所的人讨教，回来后，又手把手把技术教给村民。渐渐地，种植烤烟成了当地的特色产业，农户每年多了万余元的烤烟收入。这些年，村里不少村民因为种植烤烟住上了新房，山脚下，楼房林立，与韦寿增破旧不堪的家成了鲜明对比。

在很多老百姓的眼里，国土资源所所长虽然算不上什么“官”，可多多少少也有些权力，家里人跟着沾点光，只怕也是常有的事。韦寿增的家人也不是没对他有过一点怨言：“只不过是在自家的宅基地上翻盖房子，你作为一个国土资源所所长，难道就没有一点办法吗？”

韦寿增没有回答，只能把对亲人愧疚压在心底。由于收入有限，家庭的负担又重，他根本拿不出钱来翻修老屋。每逢周末，如果有时间，他还要驾着旧摩托车来回奔走几十公里回去侍弄老家的烟田——每年卖烤烟的几千元所得，就是这个基层干部唯一的“额外收入”。

村里人说，在2009年之前，韦寿增只要周末有空，就骑着他的摩托从安宁乡回老家，帮助家里干农活。甘荷村的村主任李道同介绍，韦寿增有头脑，学了技术，在村里带头种烟，除了自家的3亩地，还租种了7亩地。但家里老人多，重活都等他周末回来干。“他家里负担太重，很缺钱。”老家的堂叔韦夫边知道韦寿增的底细，“一大家人，就他一个男丁，都靠他撑着。他父亲常年生病，也花去了不少钱。2006年他凑钱在县城买地建了房子，现在还欠着8万多元的贷款。”

至今，韦寿增在安宁乡的同事农锋还记得那样一个场景：“有一回看到他下班时，怀前挎着个背篼，里头是他熟睡的女儿；摩托

韦寿增位于地州乡甘荷村的老屋，是这个村落里最为破旧的建筑物

车后架上还绑着一堆已经分拣好的烟叶。”农锋说：“在同事中间，他的家庭应该是最困难的，但是这些情况，他连一句都没和我们说过。”

韦寿增的内心不苦吗？苦。哪个哥哥不疼妹妹，哪个儿子不愿让家里的父母老人过得幸福快乐一点？哪个父亲不想让女儿有更优越的生活条件？但是，当要圆满这种亲情就可能要动用手中的权力时，韦寿增退缩了。

有人曾说韦寿增：你一次礼不收，有点太不近人情。

韦寿增说：“这个口子开不得。有第一次，就会有第二次、第三次……就会越收越多，时间长了，就陷进去了。有些人最后掉到钱堆里不能自拔，不都是从第一次开始的吗？意志力不强，投降了。所以在这个问题上一定要一刀切死。有情不在礼，君子之交淡如水。”

拒绝一切用权力谋私利的韦寿增，宁愿自己承受生活的重担。

韦寿增的节俭是出了名的。他的“装备”很寒酸，一辆已经骑了11年的破旧女式摩托车，一身洗得发白的迷彩服，一双绿色胶鞋，就是他留给大家的全部印象。同事都知道他还有个习惯，从不在外面吃早餐，一碗粉要花3元，他从来舍不得。

在韦寿增位于安宁乡的单位宿舍，我们看到一个他用了十几年的小电铁锅，那是他碰上工作忙或夜里加班时，用来煮方便面的。他做官做人的标准很高，但是在个人生活上，他的标杆却拉得很低。清廉，在很多人眼里是个标准，在韦寿增那里则是一种习惯。他视奢侈为祸，俭朴为宝，一向艰苦朴素，克己奉公。

【采访手记】 沿着韦寿增生前感人的足迹，我们试图寻找他为何能做到严于律己、清正廉洁的根源。他简朴实在的话语给我们道出了做人的真谛：他说，做人要坦坦荡荡，这样才活得有尊严，宁愿自己苦点、累点，也不愿因为金钱而做那些违背良心的事。

韦寿增生前骑的那辆破旧的摩托车，还是参加工作那年，父亲卖掉家里的牛给他买的。骑着这辆摩托车，韦寿增奔波在工作的村村寨寨。后来，车烂了、旧了，但他修修补补接着使用。有人说，你一个国土资源所长，还骑不上一辆新摩托车啊？韦寿增的回答是：“骑着它，我心里踏实啊！”

好一个“心里踏实”！心里踏实了，我们就问心无愧；心里踏实了，我们就一身正气；心里踏实了，我们就能永葆本色。韦寿增同志用实际行动，给我们阐释了一个优秀共产党员的品格。廉洁自律并不难，领导干部只要有一颗对事业的赤胆忠心，有一颗勤政为民的良心，有一颗秉公办事的廉心，在从政的道路上就能像韦寿增那样“心里踏实”。

4. 未能实现的“温馨心愿”

赖曼芳告诉我们，韦寿增有一个最大的心愿：就是把爷爷，姑婆，常年卧床的父亲，行动不便的母亲，以及患病的妹妹接到县城和她们三口一起住，过幸福的日子。

但是，随着韦寿增的逝去，这个谋划于2006年的全家幸福计划就此搁浅！

2006年，韦寿增贷款8万元，并将多年来种植烤烟积攒下来的积蓄全额拿出，东挪西凑，在靖西县城买了块地皮建了个房子，为了节省开支，担水泥扛砖头的重活都是自己做。由于没钱，房子没有装修就住进去了，楼梯扶手一直没钱安装，直到2009年，小孩都3岁了，出于安全考虑，他靠在老家种烟叶赚的钱，才简单铺了点瓷砖并把楼梯扶手装上。尽管如此，一直到韦寿增去世，房子还有一半没有装修，连最“脸面”的厕所门也没钱买。

在妻子赖曼芳眼中，韦寿增是爱孩子、爱父母、爱家、诚实、善良的人。

她的记忆里，更多是他细腻、柔情的一面。2006年他们的女儿出生时，他一直守在母女俩身旁。对于女儿，他一直很宠爱。尽管自己省吃俭用舍不得在外吃一碗粉，但女儿闹着家里的面条吃腻了，他一定会出门给女儿买回她想吃的。赖曼芳说，因为一直缺钱，家里的房子只装修了部分。“他常念着，等赚够钱，就把房子装修好，把爷爷、姑婆、妹妹都接过来一起住，一家人在一起”。可这个看似简单的“幸福计划”，韦寿增最终都没有实现。

韦寿增的妻子在武平乡林业站工作，离县城16公里；他工作的安宁乡更远，距离县城有50公里，也是最难走的乡。2005年结婚以来，他们就一直这样两地分居着。“他被抽回县城工作的这几个月，我才真正体会到，一个完整家的感觉真好。”他的妻子回忆道。“虽然也是早出晚归，但每天晚上他都能回到家里，一家人可以在晚上团聚，只要他一回到家，家里的气氛马上不一样。”

虽然只有晚上才能相聚，但对婚后一直聚少离多的俩人来说，已是莫大的幸福。只是，这种幸福时光实在太短！

“他很爱女儿，周末时常常背着女儿回老家干农活。”

“他宁愿自己吃苦，默默承受压力，也不让我和老人吃苦。建房子时，为了节省开支，建房用的水泥、沙子、砖头等，都是他一个人一点一点搬上去的。”

“他走得太突然了，没有留下一句话。当天早上，我们一前一后出门，都忙着去上班，也没有说上一句话……”

回忆起清贫但温馨的时光，年轻的妻子泣不成声。

清贫，不是任何一个人所应该追求的目标，包括共产党员。当我们看到他在甘荷村的浑身长满补丁的老屋，看到天空没有落尽的

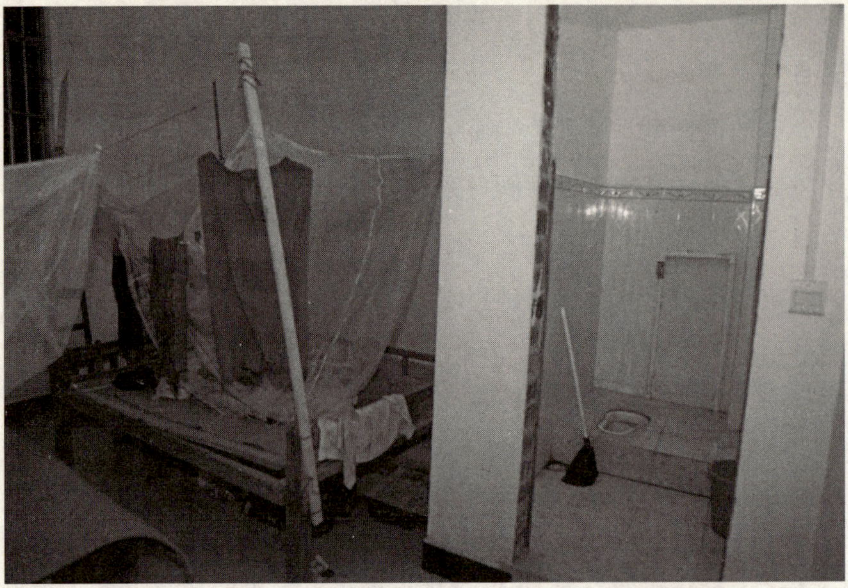

一直到韦寿增去世，家里的房子都没怎么装修过，连最“脸面”的厕所门也没有钱买

尘土，看到他的幸福计划中贷款 8 万元建好几年来却没有装修的新房子，生活，拮据如此。生活，清贫如此。

但对于握有一定权力的韦寿增来说，这清贫，就是一块照得见心底的试金石！

【采访手记】 “人的一生应该怎样度过？”这是每一个人都需要思考的问题。哲人说，未经思考的人生，不值得一过。而人的终极思考，就是信仰。

今天，在体制转轨、社会转型、思想多样、利益多元、人们面临种种诱惑的时候，我们不能不谈信仰；但可惜的是，在很多人看来，信仰——在我们这个时代已经成为了一个奢侈的词。然而，当许多人的灵魂被物欲吞没，热衷于讲实惠，向“钱”看时，韦寿增却十一年坚持如一日，扎根在偏远的山乡之中。这种常态的坚守，其实是最难的。

按照时下一些人的眼光，韦寿增有着很多“发财”的条件与机会，他完全可以“脱贫致富”。但是，韦寿增坚守一个共产党人的“道”，始终把手中的权力看做是为人民谋利益的工具，而不是用来为个人谋取私利的商品。韦寿增是从基层干过来的，他十分了解社会，知道自己的位子有多大的“含金量”。然而，在他的眼里，就是一座金山，也是买不了一个共产党人的灵魂的。

第八章

仿佛，他还在身边

寿增走了，走得匆忙，没有留下一句话。年幼的女儿经常瞪着大眼睛，问赖曼芳:“妈妈，爸爸呢？爸爸去哪里了，什么时候回来？”赖曼芳只能强忍着泪水对女儿说：“爸爸带爷爷到很远很远的地方去治病了，等病好了就回来。”很长一段时间，他们的女儿还不知道她的爸爸已经不在人世。

赖曼芳说：“在与寿增共同生活的短短四年时间里，我从他身上感受到了一股生命不息，奋斗不止的力量，这股力量将会支撑、激励着我努力工作、坚强地生活下去。寿增，家里的老人、妹妹和女儿我都会照顾好的；你还没来得及完成的征地任务，同事们也都已经圆满地完成。寿增，我多么希望你还能回来，像以前一样，把女儿架在你的肩膀上，我们一家三口，有说有笑地走着，一直永远地走下去……”

韦寿增走了，走得太匆忙。

许多工作来不及布置，同事取回的材料还没有看，工地的现场还没有到，两户征地农民的思想工作还等着他去做，新的征地项目还要他去完成，父亲还在医院等着他去接，年幼的女儿还需要在他温暖的背上慢慢长大，年轻的妻子清晨只看到他匆忙的背影，还没有看到他回眸的微笑，那生他、养他，并视他为生命的母亲还等着他回家……

1. 妻子赖曼芳："我多么希望你还能回来。"

算起来，寿增离开我已经有不短的时间了，但是，在我的心里，他永远活着，他熟悉的身影时时在我眼前晃动，他淳朴的话语常常在我耳边回响，我无时无刻不在想念着他，能与他相识、相爱、相伴，是我的缘分。

我和寿增是经人介绍认识的，见到他的第一眼，我就感觉他十分忠厚老实，说话做事总是乐呵呵的，仿佛有使不完的劲。几次交往后，他就坦诚地告诉我说，他的家境不好，家里爸妈身体不好，爷爷和姑婆年纪都大了，还有个妹妹因为患病，生活不能自理。他说："这些都是我最亲近的人，我得把他们都照顾好，跟了我，会很辛苦的，如果你不能接受，我们，我们就不要再联系了吧。"我被他的孝心和手足亲情深深地打动了，觉得他是一个可以托付终身的人，就这样，在2006年，我们举行了简朴的婚礼。

结婚以后，他一心扑在工作上，我们难得聚在一起。记得女儿出生的时候，我住院生产，按照规定寿增有7天的假期来陪我。但是当时正值年底，工作任务很多，他只请了2天半的假，就匆匆赶回单位上班了。我心里非常委屈，暗暗埋怨他，他知道后，就开导我说："芳啊，我对不起你，但是工作放不下，以后有时间我一定好好陪陪你。”可是，直到他离开，他也没能兑现这句话。

我和寿增结婚整整有4个年头，这4年来，他一心扑在工作上，我们一直聚少离多，但是，回忆起我们一起生活的点点滴滴，总是让我难以忘怀。

寿增很爱自己的宝贝女儿，但是每次女儿生病，他却很少能陪伴在女儿的身旁。记得有一次他陪女儿去医院抽血化验，针刚一插进去，女儿就哇哇哭得很厉害，他心疼得直流眼泪。因为寿增在边境乡镇上班，平日难得回来，但是一到晚上，他都会打个电话回来，跟我和女儿说上几句话，询问我们这边的情况。公公和婆婆身体都不好，女儿又小，而我自己也还要赶到乡下上班，每天忙上忙下，所以有时候也不免生一些怨气。寿增经常愧疚地对我说：芳啊，让你受苦了。听着他贴心的话语，看着他疲惫的身体，想着他是为了单位的事情而忙碌，我的怨气也一下子就消了。

为了改善家里人的居住条件，2006年3月，我们省吃俭用，贷款在县城建了一处房子，因为缺钱，没等装修，我俩就住进去了。寿增总是对我说，等装修好房子，再把爷爷、姑婆和妹妹一起接过来住。可这句话说了4年多，房子却一直没有弄好，直到住进去这么久了，家里连卫生间的门窗都还没装上。寿增生前最大的心愿就是把爷爷，姑婆，公公，还有生病的妹妹接到县城和我们一起住，过幸福的日子。可是这个心愿，却再也没有办法实现。

但是，寿增心里一直是念挂着老人和妹妹。只要一有空，他就会带上我回老家看望他们，帮他们做一些家务，陪他们聊天，跟他们讲讲单位或社会上发生的一些新鲜事，有什么好吃的，也总是忘不了带给他们。他经常说：“我是长孙、长子，是大哥，我不照顾他们谁来照顾？”

寿增是出了名的孝子。不仅对在老家的爷爷、姑婆和生活不能自理的妹妹关怀有加，对我的母亲也尽其所能，悉心照料。我母亲住在武平乡，患有哮喘病。每次发病，只要寿增有空，他总是骑着摩托车去接我母亲上医院。我母亲个子矮小，他每次都把摩托车倾斜到最低的角度，等我母亲坐上车后，他才使劲把摩托车的车身扶平，开动车子。直到现在，我母亲每次提起这个微小的细节，就忍不住流眼泪。

但寿增实在是太忙了！他常常一出门就十天半月不回来，吃住都在乡里、村里，别说双休日，就是节日也难得回来。

2009年11月，组织把寿增从乡里抽调到县里临时成立的高速公路征地办进行征地工作。他被抽去负责征地工作后，任务更重，每天早出晚归，经常拿材料回家来加班。也就是那时，我家公患了肝内胆管结石，从老家到县城住院治疗。因为白天的征地工作太忙，寿增没有办法陪着家公去医院打针、检查病情。因此，他找到主治医生，让医生同意家公晚上回家休息。每天，寿增回到家，他第一件事就是询问家公的情况。为了能多点时间陪伴家公，晚上他就把材料带到家公的房间里做，这样可以抽空和家公说说话，等家公睡着后，他又到另外的房间继续工作。

有一次，我凌晨醒来，发现他还在楼下加班，就忍不住劝他早点休息，他说："还没做完呢。"我说："那可以明天再做嘛！"他说："明天还有明天的事。现在高速路就要开工了，但是征地跟不上，大家都在赶，我不能拖后腿。"

那时，已经是冬天，寒风从空荡荡的窗口吹进来，我想到躺在床上病重的家公和深夜埋头加班的寿增，很是心疼。终于忍不住对他说，想办法找点钱来先把门和窗安上，不要再让爸爸住在到处漏风的房子里。每次，他都满怀愧疚地对我说：等征地工作结束了，我再想办法把房子的门和窗安上。

前年农历七月十四，本来应该是一家人回老家团圆的日子，可一大早，他就接到乡政府打来的电话，要他立即去调解安宁街上一宗土地纠纷。他二话不说，简单收拾了一下东西，吩咐我抱女儿去搭公共汽车先回老家，然后就骑着摩托车往安宁出发了。当晚，直到夜里八点多钟，他才匆匆地赶回到地州甘荷村老家。

安宁乡距离县城有 40 多公里，周末的时候，那辆他 1999 年刚参加工作时买的摩托车就是他回家的交通工具，回来一趟需要一个多小时。特别是近几年，因为修路，有时必须绕过壬庄才能回家，时间就更久了，而且往往弄得一身泥土。

我在武平林业站上班，每天早出晚归靠的就是一辆电动车，跑一趟电就用完了，经常是一回到家就马上充电，一到武平又得马上充电，有好几次我从武平回来，车刚跑到半路就没电了，只得推着车很晚才回到家。我曾经跟寿增提了好多次："我们换一辆好一点的摩托车吧。"可每次他都说："车还能用，就先用着吧，现在口袋紧张，委屈你了。"的确，家里上有老下有小，开销很大，别说买车了，就连我想给他添件新衣服，他也总是乐呵呵地说不用了，他还安慰我说："我喜欢穿运动服和迷彩服，工作、干活都方便，习惯了。"其实，我知道，他是舍不得买啊。

在他搞征地工作最忙的时候，正好是我们林业部门林改工作最忙的时候，我们谁的工作也不能耽搁。有一天，我从早上忙到晚上七点多，天已经黑了，我才骑上电动车离开办公室，让我没有想到的是，那天晚上，寿增骑着他那辆摩托车，特意带着女儿在离县城还有两公里的岔路口来等我。透过摩托车的灯光，我看到他在向我招手，女儿也在大声地叫我"妈妈，妈妈……"那束黑暗中的灯光，成了让我一辈子难以忘记的温暖！

2010 年春节，家公的病情加重了。利用春节的休假时间，寿增带着家公到百色市的一家医院住院检查。为了节省开支，寿增和家公晚上就挤在一张病床上。他们背对背，每当家公疼痛得剧烈咳嗽时，他就心如刀绞。有一天晚上，寿增给我打电话，说起家公的病可能很难治好时，他的哽咽声忽然变成痛哭声从电话那边传来。那是我第一次听到他哭，都说男儿有泪不轻弹，我知道，在他心里，觉得对父亲的愧疚实在太多了。

2010 年 3 月 29 日，这是我生命中永远不能忘却的日子，是我和寿增最后一次说话的日子。那天早上，寿增像往常一样，六点钟就起床了，还出门给女儿带回了一杯豆浆，然后跟我说，昨晚他已经跟父亲商量好了，让父亲自己一个人坐三轮车去医院输液，他会尽量赶回来接父亲回家。我说："爸病得那么重，我林改工作也忙，你就不能请假照顾爸几天吗？"

他说："高速路就要开工了，征地工作跟不上，我们这段时间得抓紧，这样吧，等征地完了，我就请假好好陪爸几天。反正现在也蛮好的，白天我在外面跑，内业晚上又可以在家做，也可以陪爸。你也辛苦了，也要多注意自己的身体。女儿等下就麻烦你送一下了，我出去了。"说完，就转身出了门。

没想到，这竟成了我们的最后一次对话，他这一去，竟是我们的永别……

50 天后，5 月 19 日，失去儿子的家公也因为难忍悲痛，病情恶化，离开了我们。

面对这一切，在寿增走后的很长一段时间里，我都没有回过神来，6 月 21 日，我一个人到寿增生前曾经工作过的安宁乡给他办理销户手续，在那里，到处都还有寿增的影子，他是那么热爱这里，他是多么舍不得离开啊！乡里的领导和寿增生前的同事知道我来了，都围了过来，他们安慰我，对我说，有什么困难，尽管跟他们说，有什么需要，随时找他们。还说，他们要像寿增那样，坚守岗位，坚守职责，坚守事业。

也就是在那一刻，我才突然明白了，理解了，寿增之所以没有时间关心、照顾家里，那是因为他已经把自己毕生的精力和全部的爱都奉献给了他的工作，献给了他所热爱的国土事业。那天，我满怀思念，满怀感动，流着眼泪，离开了安宁乡……寿增去世后，各级领导和组织对我们的家庭非常关心，已经把我和妹妹韦华调到县城工作，家里建房时的贷款也全部还清。

寿增走了，走得匆忙，没有留下一句话。年幼的女儿经常瞪着大眼睛，问我："妈妈，爸爸呢？爸爸去哪里了，什么时候回来？"我只能强忍着泪水对女儿说："爸爸带爷爷到很远很远的地方去治病了，等病好了就回来。"直到现在，我们的女儿还不知道她的爸爸已经不在人世。等女儿懂事了，我会告诉她，她有一个好爸爸！

寿增走了，但是他的音容笑貌永远活在我的心里。寿增是我的丈夫，我的爱人，也是我的榜样。在与寿增共同生活的短短四年时间里，我从他身上感受到了一股生命不息，奋斗不止的力量，这股力量将会支撑、激励着我努力工作、坚强地生活下去。

寿增，家里的老人、妹妹和女儿我都会照顾好的；你还没来得及完成的征地任务，同事们也都已经圆满地完成了。寿增，我多么希望你还能回来，像以前一样，把女儿架在你的肩膀上，我们一家三口，有说有笑地走着，一直永远地走下去……

【采访手记】 在靖西，我们见到了韦寿增的许多亲人，他的妻子赖曼芳、女儿韦乐晨、妹妹韦华以及爷爷、姑婆。在赖曼芳眼中，韦寿增是爱孩子、爱父母、爱家、诚实、善良的人。她的记忆里，更多是他细腻、柔情的一面。实际上，和韦寿增一样，赖曼芳也同样拥有那种特别质朴而纯真的性格。

在采访中，我们听到这样一个故事。在韦寿增去世后，赖曼芳整理他的遗物时，在电脑中看见韦寿增生前存储的征地资料和各种土地调查报告，因为担心耽误了工作的进程，她马上就给乡领导打电话,请他们把电脑和资料取回去。这一切,让所有人都百感交集——那时候,韦寿增才刚刚离开第五天,他们真的不忍心去他家里搬东西,面对一个刚刚失去亲人的家庭，岂能忍心再触动他家人尚在流血的伤口啊!

在失去韦寿增的日子，韦寿增的亲人们自始至终没有说过半句怨言，依然保持着一颗感恩和宽容的心，这也让我们无比动容。

2. 妹妹韦华：哥哥的双肩一边是忠，一边是孝

我永远不会忘记 2010 年 3 月 29 日，星期一。

那天一大早，与往常一样，我和家婆一起带着 7 个多月的孩子搭上了去地州的班车,又开始新的一周的工作和生活。因为孩子太小,我只能让家婆随着到校看护。

那天下午，当我上第二节课的时候，突然接到住在县城的姑父打来的电话，那是我这一辈子最不愿意听到的一个电话，也是我最接受不了的一个电话：“你哥哥在南坡乡卫生院抢救，但是……”噩耗传来，犹如晴天霹雳，我一下就懵了，好端端的哥哥怎么能说没了就没了呢?

哥，前一天，你还亲吻着心爱的女儿，背着装有测量仪器的袋子匆匆出门，可正是这天下午，你就悄悄地离开了我们，离开深深爱着你的家人和你深深爱着的家人，临走前我们都没能和你说上一句话……

虽然，哥哥永远地离开了我们，可是你的音容笑貌，却总让我

思念……

哥哥是我们家的骄傲，家中三兄妹，他是老大，也是我们家的唯一男孩，在农村家庭里，男孩子可算是掌上明珠。按理说，家里好事好吃的他应该占先，可哥哥不是这样，他总是显得那么的“傻气”。记忆中，就连一根甘蔗他都会分成三截，他总是先让最小的我挑选，中间那段非我莫属。妈妈也常常提起，就是爸爸买来的三个一样大小的饼干，他还是先让我先挑选，因为我是三兄妹最小的。

“穷人的孩子早当家”，在我的记忆中，哥哥特别懂事。为了减轻父母的负担，年幼的他主动挑起家里的担子。那时，他常常摆出大人的样子，指挥我们：“听我的话，大妹喂猪，小妹煮饭菜，我挑水！”其实每一次，我知道，哥哥都把最脏最重最累的活留给自己。就这样，我们三兄妹从小就养成爱劳动的习惯。直到哥哥参加工作以后，他还经常利用休息时间帮爸妈干活，村里人总是夸他有礼貌，最懂体贴父母。哥哥离开我们以后，爸爸回忆起他的每一个生活细节时，都泪如雨下，爸爸说，我们家种烟的时候，都是哥哥包挑水浇苗，而他又不会换肩膀，爸爸再三劝说不让他来挑，但他固执地坚持下来，一趟又一趟，年幼的他连肩膀都被扁担压出了血。

1998年，因为治疗爷爷的病需要花钱，我们的家境更是雪上加霜，我面临着辍学的窘境。为了给我交齐学费，还在念书的哥哥利用假期，一个人扛着爆米花的铁罐子，走村串户，爆一次米花收一块钱的加工费。那个寒冷的冬天，哥哥的手和脚都冻僵了，瘦弱的肩膀背着爆米花沉重的铁罐子，被绳子勒出了一道深深的血痕。就这样，哥哥一块钱一块钱地积攒，再加上东凑西借，硬是把我的学费交齐了。

哥哥常说：“知识改变命运”，自从念小学起，他就是我的小老师。当时，村小学的条件很落后，但哥哥总是很努力学习，经常说“少壮不努力，老大徒伤悲”，哥哥的行动深深感染了我。他在煤油灯下看书，我就在旁边读课文，不懂的问题哥哥先帮我解决。父母含辛茹苦，我们兄妹勤奋学习，都考上中专学校，因为家里穷，哥哥毕业后依然节衣缩食，硬是从牙缝里挤出了我最后一年的学费。后来，我们都有了一份不错的工作，父母感到很光荣。

“你和大哥是爸妈的骄傲，但是爸爸没想到会有这么一天，以前的日子我们是多么的幸福……”这是父亲生前对我说的一句话。我多么希望时间能停留，要是能这样，就不会有今天失去亲人的痛苦，就不会有夜深人静时候悄悄滴落酸楚的泪，也就不会有白发苍苍沉默寡言的老母亲忧郁徘徊……

哥哥，请原谅我，我曾经也在心里责怪过你。在老家，这几年，很多村民都盖起了新楼房，可我们住的还是70年前的老房子，每次回家，看到屋顶和外墙到处是修补过的破洞，堂屋里依然是那台小小的破旧电视机，看到年迈的爷爷、姑婆和生活难以自理的姐姐在旧房里爬上爬下，我都感到心痛。特别是刮风下雨，我特别为他们担心，因为房子实在太旧了，随时都可能塌下来。

有时我想，在自己的宅基地上翻盖房子，也要不了几万块钱，你作为一个国土所长，就不能想想办法找点钱吗？想是这么想，但我从没有对你说起过，因为，作为妹妹，我太了解你的为人了。你常说，做人要坦坦荡荡，这样才活得有尊严。你宁愿自己苦点累点，也不愿意因为金钱而做那些伤天害理的事。

哥哥有一辆摩托车，那是他1999年8月参加工作的时候，父亲卖掉家里的牛给买的。当时家里的经济情况并不好，可是父亲还是执意要给哥哥买辆摩托车，当时父亲语重心长地说：“一是因为你参加了工作；二是骑着摩托车在乡下工作也方便。”那辆摩托车是父亲的关爱，也是父亲对哥哥的希望。

从那以后，哥哥就一直骑着那辆摩托车，奔波在安宁乡的村村寨寨。后来，哥哥当了所长，用的还是那辆摩托车。那辆车一修再修，已经破烂得不成样子，可为了给父亲治病，为了这个家，你一骑再骑，一修再修。你骑这辆破烂的摩托车下乡，送女儿上学，带父亲上医院，一次次往返工作单位和老家之间。有一次，我故意说哥哥："怎么你这个所长还骑着这辆老掉牙的摩托车，不怕人家笑话吗？"当时，哥哥是这样对我说的："老是老了，旧是旧了，可是骑着它我心里踏实啊！"哥哥，物质上你虽然十分清贫，但精神上你却是富有的。你乐观向上的精神，影响着家里的每一个人。

因忙着各自的工作，我们在一起的时间自然就少了，但兄妹之间的感情并没有削弱。那时每到周末，我会打一个电话，"大哥，你回来吗？我想坐你的摩托车回家。"有时哥哥说值班，有时哥哥说工作忙，有时，坐在哥哥摩托车的后座上，看到他年纪轻轻就有了很多白发，我就能感觉到，他是工作累了！

如今，周末坐车回家，每当看到大街上一辆辆穿梭而过的摩托车，我总是忍不住四处张望，还是下意识地寻找哥哥的影子，可是，我再也找不着那个熟悉的身影了……哥哥，我的好哥哥，你在哪里呀？

2010年，是哥哥工作最忙的时候，也是爸爸的病情最重的时候。哥哥的双肩，一边是忠，一边是孝。对于他，两边都很重要，那些日子，他很疲劳。记得元宵节过后的一天，哥哥见到我就随口对我说：最近好像有点胸闷。当时我就说："去医院看看吧。"可是哥哥马上笑着说："没事，哥身体好。"现在想起来，我真是后悔呀，如果执意叫哥哥立刻到医院检查，也许就不会有今天失去亲人的痛苦……

那时，家里是那么的温馨，哥哥喜欢一边操作着电脑，一边和父亲聊些他工作上的事。我想给父亲熬碗稀粥，他总是抢下活来说："还是让我来吧，爸爸的口味我最清楚！"朴朴实实的一句话，让我心里十分感动。走进哥哥的书房，桌上的材料还在，橡皮擦、铅笔、计算器还在……家里的角角落落，似乎还到处有着哥哥忙碌的影子。可是，哥哥，你怎么连一句话也没说就走了呢？

村里你带头筹资修建的篮球场上没有了你的身影，小伙子们为失去你一个热心人而哭泣；因患精神病长期服药的大姐，有时就像小孩一样期待着你带来可口的零食和一些小礼物；有时稍微清醒，大姐就会哭得两眼通红，她说；“如果是担子，我宁愿为哥担起。如果有可能，我真想用自己换回哥的生命。”

每次我走过邻居80多岁韦爷爷家门，老人总是说，“是寿增回来了吗？这孩子怎么那么久都不来看我了呢，这孩子工作起来就像玩命！”就是今年清明节的前一周，你还打电话给我说：“下个星期是清明节，你在家照顾爸爸，我自己回老家扫墓就行了。”可谁知，就是这个清明节前，你却成一个刺眼的坟堆。去年，老家遭遇了百年不见的大旱，可是，送葬的时候，天空忽然飘起了雨丝，我们都相信，那是苍天为你而流泪，可是苍天呐，你既然流泪，为什么又要残忍地带走我的好哥哥啊！

哥，我是多么地舍不得你走！

“27号那天晚上，我和寿增聊天时，还想让他最近抽个时间送我去医院输液。寿增说，他负责的征地任务快完成了，目前还有两户没有签字，明天要去工地再做做他们的思想工作，争取尽快收尾。这个任务结束后，下一步的征地工作地点可能就在县城附近，到时候，他就可以多点时间照顾我。”哥哥去世后，爸爸常常回忆起哥哥和他最后说过的这些话，可是，他最后也没有等到哥哥这“多点时间”。

自从哥哥走后，妈妈就不怎么讲话，总是望着门外，盼着儿子像往常那样，笑着从外面走进来。她依然觉得哥哥只是太忙了，忙得顾不得回家。一夜之间这位失去爱子的母亲头发白了一半。世界上有什么痛比失子之痛更痛的呢，那是一种难以言喻的撕心裂肺的痛。

哥哥，我是多么地舍不得你走！兄妹手足情深，可惜我们再也无法相牵再走一程。如今，站在这里，回忆起你的一点一滴，我的心都很痛，我再也听不到你的声音，见不到你，我再也不能喊一声：“哥！”

哥哥，请您放心，你为国家尽忠，我会替你尽孝，照顾好妈妈；我会和嫂子一起，带着侄女长大成人。

哥哥！但愿在九泉下，不再操心劳累！

【采访手记】 从靖西县城出发，驱车几十分钟，就是韦寿增老家地州乡甘荷村。那一栋具有传统的壮族干栏式建筑已有70年历史，是甘荷村最老旧的房子。屋顶和外墙到处是破洞，穿过泥土与竹片织就的墙壁，走上响着吱吱嘎嘎木地板的楼，空气中飘来淡淡的鸡屎气味，现在韦寿增84岁的爷爷就“蜗居”在此。

看见我们来，韦爷爷很热情，拿出种植在山里果园的柑果给我们品尝。村子的几位老街坊，带我们来到韦寿增小时候住过的房子，墙上发黄残破的奖状，仿佛依然在无声地诉说昔日的荣耀，从老街坊的追忆中，少年的韦寿增为村里做过的种种善举一一浮现，清晰得恍如昨日。

采访中，我们多次接触韦寿增的家人。家，是一个人最私人化的世界。正是在这片世界中，韦寿增更加透明彻亮地显示了一个共产党人高洁的精神品质——在韦寿增的内心世界里，永远有着他对亲人最柔情的一角天空。但是，他从不让这片感情掺杂权力与地位的色彩，他从不让这片感情误导自己做出违背党和人民利益的事情。一个用一生去实践一个承诺的人，他的心中一定有着坚如磐石般的信念！在中国革命和建设的浩瀚事业中，韦寿增只是沧海一粟。但是，正是因为有了千千万万像韦寿增这样的人，我们的事业才如浩瀚大海，一浪高一浪，奔腾不息。

3. 韦夫边：寿增是我们永远的好侄子

靖西县地州乡甘荷村甘下屯是韦寿增的老家，我是看着韦寿增长大的，直到现在，回忆起寿增生前的一些事，我的心还是很悲痛。

韦寿增是一个懂事的孩子，小时候他就经常做一些力所能及的事，帮大人放牛、喂猪、喂鸡鸭。记得那是1998年的冬天，因为家庭经济困难，还在读中专的小妹面临着失学，韦寿增为了给小妹交学费，利用假期一个人扛着爆米花的铁罐子，走村串户，爆一炉米花收一元钱的加工费。他一元一元地挣，加上借东家、借西家，硬是把小妹的学费交齐了。这件事情，我们都看在眼里，记在心上，从心底里疼爱和佩服这个懂事的孩子。

参加工作后，韦寿增也放心不下家里的事情，只要他有空，就会骑着他的摩托车从安宁乡回老家，帮助家里干农活。2002年，乡政府调整农业产业结构，发展烤烟产业，发动群众种烟。韦寿增有文化，有脑子，懂技术，他就动员家里人带头种烟。家里老人多，他就抢着干重活。他经常挑水浇苗，沉沉的担子把他的双肩压破出血了，我们看了都很心疼。

韦寿增是一个孝顺的孩子，体贴父母，关爱妹妹，尊敬乡邻，村里人都夸他有礼貌。韦寿增有三兄妹，他是老大，是家里的独子，也是家里的顶梁柱。老家84岁的爷爷和85岁的姑婆，病重的父亲和患病的妹妹全靠他抚养。爷爷常年吃的治冠心病的药是他买的，妹妹患间歇性精神病是他带去住院治疗的，患胆管结石的父亲也是他照顾的。

特别让我难忘的是，他父亲病重的时候，寿增就用背带背着女儿，骑着摩托车回到老家，帮父母干活。在我们那里，很少看到一个大男人用背带背孩子，可寿增却是这样，我们看在眼里，酸在心上。

寿增是一个聪明有上进心的孩子。他不仅孝敬父母，认真工作，而且勤奋刻苦。家里虽然穷，可是他受爷爷的影响，小时候就发奋学习，成绩一直很好，1996年考上了百色民族工业学校，第二年，他的小妹也考上了师范学校。参加工作后，寿增又参加广西大学法律专业学习，并顺利毕业。寿增兄妹俩成为我们甘下屯的骄傲，我们常常对小孩说：你们要学习寿增兄妹，好好学习，要争气，做个对社会有用的人。村里的孩子都以他为榜样，好多人考上了大中专学校，还找到一份不错的工作。

寿增还是一个热心公益事业的人，村里的大事小事他都关心。每年八月初二，村里组织修路，他都来参加，哪些地方没有修过，他就义务去修好。2009年年底，他见到村里没有一个像样的集体活动场所，就和我们村干商量建篮球场，他踊跃捐款，组织青年带头干起来。去年3月，篮球场建好了，而寿增却永远离开了我们。现在，篮球场已经成为群众休闲的好去处。他虽然离开了我们，但他孝敬长辈、热爱家乡的精神令人难忘。

寿增回老家帮助老人干农活时，也没忘记工作。每次他回村里，我总看到他背着一个绿色的挂包，干完农活收工回到家，常见他坐在堂屋的门前看材料，有时还拿着尺子和计算器，想工作上的事。这样一个好孩子，我们就是打着灯笼也难找到呀。可谁知，他却突然离开了，他只有31岁，我们痛心呀！老天真是太不公平了。

寿增去世后，他的事迹先后在乡、县、市里，现在又在区里受到高度关注。各级党委、政府领导纷纷到他家里看望、慰问家属，广泛宣传他的先进事迹。我为有这么好的一个侄儿深感自豪。我们全村人都要学习他工作认真、孝亲敬老、热爱家乡的精神。

作为寿增老家的一名党员、一名村干部，我要带领村民大力发展生产，把家乡建设得更加美好。

【采访手记】生命不在有多少岁月，而在岁月里有多少生命。就像一根蜡烛，放在那里，就是那么一根放着的蜡烛，但如果把它点起来，虽然它自己一点点消失了，却可以给周围的人们带来温暖和光亮。

中国国土资源报社的一位年轻编辑，在编发报道韦寿增先进事迹的稿件时，写下了这样一段话："编辑这篇稿件是个难忘的过程，因为我是一边流着泪一边读完了这篇稿件。韦寿增的一个个故事，像一幅幅生动的画面在我眼前擦过，他的形象在我的脑海中也越来越清晰起来。有好几次，我都觉得只有在小说和影视剧里才会有这样的人物，因为现实生活中这种人太少太少了。记得有篇文章提出这样一个问题，当你离开这个世界时，有多少人会为你哭泣？我想，假如眼泪是一笔财富，那么韦寿增一定是富有的。因为他的事迹足以让了解和不了解他的人为之动容，为之泪流满面。生如夏花之绚烂，死若秋叶之静美，这便是韦寿增短暂的一生留给我的印象。"

温暖着别人，幸福着自己，韦寿增用自己的行动诠释了一个真实的榜样。

4. 对"伟大"这个词语派生出全新注解

有一种坚守，穿透了时光与喧嚣，从未退让；

有一种信仰，承载着艰难与重压，绝无动摇；

有一种忠诚，深植于乡土与心灵，笃定深沉……

两年的时光，足以淡忘掉许多的记忆。可在很多人的心中，那个憨厚壮实，眼神如泉水般清澈，笑容中满是质朴真诚的年轻国土资源所长，却仿佛还并没有远去。两年后，我们再次来到了位于祖国南疆边陲的广西靖西县，行走在这里的青色山峦与曲折溪河间，一路追寻着韦寿增曾经走过的足迹——

从地州乡到安宁乡到三合乡，包括那冷村、三南村、甘荷村、念通村、古庞村在内的十多个村庄，从领导同事到老师同学到村民老乡，近100位的采访对象，诸多难忘与痛惜，诸多敬佩与自豪，还有温暖、感动、信任、服气、喜爱、依赖……在这片山山水水中，在一句句真情讲述中，记忆中的韦寿增并未走远，他的音容笑貌，他那颗纯净仁爱的心，都让人难以忘怀。我们能清晰地感受到，他留给我们的，是一个坚定的背影，一个执著的信仰，一个不屈的脊梁。

县城通往安宁乡的路上，我们坐在摇晃颠簸的座位中，揪心感受着在山路行车的险恶与艰难：这条在群山环抱中绵延穿绕的公路，弯急坡陡，起伏不定，稍有疏忽，就可能连人带车滚下山去。可就是这条44公里的险峻山路，无论寒风酷暑，无论风吹雨打，韦寿增骑着他那辆时不时罢工的老式摩托车，走了整整11年。而更多的时候，是在连这样的公路都没有的地方，韦寿增仅凭着一双脚，一步步走在耕地保护、矿业秩序整顿、地质灾害巡查的路上，不倦不歇，无怨无悔。

那冷村议论屯的后山，我们头顶细雨、脚踩泥泞，前往韦寿增曾在深夜里发着高烧去冒险查看的那个地灾隐患点，这里山高坡陡，依然土石松软，每走一步都并不容易，足以想见他其时的艰难。站在山上往下望，可以看到两排整齐的新房子坐落在远离地灾隐患点的山间平地处，那正是韦寿增为村民精心选定的安居点。如今，一片青翠的寂静中，有炊烟在屋顶袅袅升起，也有孩子与小狗在山间欢快地奔跑嬉戏。“我们当然记得小韦，要不是他，我们都被埋在这山脚下了。”村子里每一个知道我们来意的人，都会说到这句话。

边境村古庞村旁的果林里，黄澄澄的果子正挂满枝头，丰收的喜悦充盈在每一个人的心中。这个曾经人均年收入才181元的贫困村，正是因为在韦寿增帮助下种下了100多亩蜜橘和广柑，每个村民的生活如今才有了大不同，村里人都说："看到这片林子，就能想起他。他就是我们大家的好兄弟，好侄子。"韦寿增熟悉这村里的每一棵树、每一道坎、每一寸土地，熟悉这里的每一个人，他的双脚踏遍了这小山村的山山水水，他为这个山村所付出的点点滴滴，也依然印在每一个老乡的心中。

靖西县南坡乡，就在韦寿增头枕着装满测量草图的蓝色文件袋猝然逝去的地方，如今展现在我们眼前的，是一条宽敞平整的高速公路，密集来往的车辆在这里迅疾驰骋，展示着边区经济发展的强劲动力与勃勃生机。"为这一天，他付出了青春与生命，可自己却永远看不到这个幸福景象了。"望着这条路，韦寿增的老同事农汉卿轻轻叹了一口气，言语中依然有掩不住的伤感……

寻访着这位多年奋战在边陲乡镇的基层干部生前所走过的足迹，也许有人会说，惊心动魄的故事实在寥寥，然而，他的平凡事迹，却令靖西这片曾经充满硝烟、浸透鲜血的红土地，对"伟大"这个词语派生出全新注解。

当韦寿增在他长年工作的山乡地头永远地闭上双眼时，他可能丝毫没有意识到自己有什么特别之处。他可能仍然一如既往地认为：自己只是忠于岗位、恪尽职守；只是保持清廉本分，认认真真、踏踏实实地做好自己该做的工作，就像他经常说到的那句朴实的话语——"这都是我应该做的。"

然而，这正是他的伟大之处：把伟大的人生理想融入平凡的具体工作，做好每一项本职工作，哪怕只是螺钉螺帽的工作，也依然会推动我们整个国土资源事业前进的步伐。这种平凡，让他懂得在艰苦中守护，也懂得在感恩中付出，他的血液里奔腾着责任和道义；这种平凡，让他懂得在喧嚣中放弃，也懂得在寂寞中坚守，他的心中充斥着信仰的尊严和力量！

正因为如此，对于韦寿增的这份记忆，才会被人们如此珍藏。

有一种守护，立场从未退让；有一种执著，信仰从未动摇；有一种忠诚，只因对乡土爱得深沉。当穿越喧嚣的都市，踏上这一片多情的红土地，翻山越岭，追寻他曾经走过的足迹时，我们蓦然发现，他留给我们的，是一个坚定的背影，一个伟岸的身躯，一个不屈的脊梁。有韦寿增陪伴的日子里，他身边的人觉得他普通而平凡；在韦寿增离开的这段日子里，孕育在平凡中的伟大迸发出巨大的能量，源源不断地带给人们感动、勇气、鼓舞。

如今，桂西南大地上的山峦田野，绿意正浓，乡亲们正憧憬着丰收的喜悦，可韦寿增再也无法回到他工作过的地方守护他日夜牵挂的这片土地了。韦寿增走了，走完了他短暂而充实的一生！韦寿增走了，但他将永远活在很多人的心中！

【采访手记】 人们对韦寿增足迹的追寻与纪念，一直未曾停歇。

2010年7月28日，广西靖西县委追授韦寿增同志为靖西县优秀共产党员；

2010年8月23日，百色市国土资源局下发了《关于开展向韦寿增同志学习活动的决定》；

2010年10月21日，广西国土资源厅下发了《关于开展向韦寿增同志学习活动的决定》；

2010年12月29日，广西壮族自治区区委追授韦寿增同志为“自治区优秀共产党员”。9月初，自治区党委宣传部组织广西日报、广西电视台、广西人民广播电台、广西新闻网、当代广西杂志社、南国早报、当代生活报等7家区内主流媒体到靖西进行了联合采访。

9月中旬，广西日报、广西电视台等7家媒体同时报道了韦寿增同志的先进事迹，引起很大的反响，取得了显著的宣传效果。9

月 30 日，中国国土资源报在头版头条位置刊登了韦寿增同志的先进事迹，同时配发了评论员文章，在全国国土资源系统引起了强烈反响……

中宣部新闻局《新闻阅评》第 642 期刊文指出，韦寿增的事迹，感人至深，他常年工作生活在群众之中，展示了全心全意为人民服务的精神，他任劳任怨，不为金钱所动，保持了纯洁而高尚的情操，他对工作一丝不苟，精益求精，取得了人民群众的高度信任。韦寿增堪称先进典型……

有位革命前辈说过："任何伟大的事业都是由许许多多平凡的事情构成的。把每一件简单的事情做好就是不简单，把每一件平凡的事情做好就是不平凡。"韦寿增是平凡的，无论是他的工作岗位，还是他的人生经历，都是那样的平平凡凡、默默无闻。但是，因为有了平凡中的执著与甘于清贫的无私奉献，他把每一件简单的事情用心、用情认真做好，在平凡的事情中让我们感受到了结果上和精神上的不平凡！每一个了解韦寿增事迹的人都感慨地说："在我们的工作和生活中任何时候都离不开小事、细事、琐事，因此，任何时候都不能拒绝和鄙弃小事。平凡并非是无足轻重、可有可无；伟大却不显山、不露水。也许，这就是平凡与伟大的辩证法。"

一个学习韦寿增同志先进事迹的热潮，正在掀起。

第九章

让英雄的故事传遍大地

在祖国边陲最基层最平凡岗位上视国土工作高于自己生命的韦寿增同志，最终因为在国土工作现场着实累倒在地永远也不复苏醒的先进精神和事迹，引起了平日工作非常繁忙的国土资源部部长徐绍史同志的极大震动，他为这位年轻人的恪尽职守感到无比骄傲，同时又为他的英年早逝感到无比痛惜。

他们中，一位是基层的普通一兵，一位是身居高位的共和国部长，但出于对国家国土资源事业的高度责任感和使命感，他们的灵魂和行动最终相遇了，两年多来，徐绍史部长多次走进了广西靖西县，看望、慰问韦寿增的家人，并建成韦寿增事迹陈列馆，在徐绍史部长的亲自推动下，全国兴起了宣传和学习韦寿增先进事迹的热潮……

1. 灯光下的精神相遇

在北京国土资源部机关大楼 B 楼三楼的一间办公室里，通常，灯光会在每天清晨就在这间办公室亮起，一直到当天的深夜，灯光会一直亮着。灯光是人类文明的伙伴，凭着灯光，我们延伸了自己的视野，常常看见黄昏中甚至黑夜里看不见的事物。多少个日子里，就是伴随着这灯光，我们看见一个忙碌的身影。

白天，这个身影除了与国务院有关部门、各省(区、市)频繁的工作协调，他还要参加或主持各种会议，审阅各类重要文件。即便是周六、周日，只要不出差，中午总能在机关食堂看到他边用餐边与机关加班的同志交谈工作的场景。到了夜晚,他才能静静地坐下来，认真思索梳理各项重点工作的推进形势和存在的问题。这种思考和写作往往要持续好几个小时，通常在晚上 10 点 30 分左右，他才会结束在机关一天的工作，走上回家的路。

在外出调研的长途奔波期间，他往往在一天紧张忙碌的调研活动结束、送走地方的党政领导后，一般还会召集调研小组的各位成员与他一起连夜开会，对当天调研的情况进行总结与交流，同时对第二天的调研进行部署和安排，会议结束时，常常已是凌晨一两点。出差调研在火车或者飞机上的间隙，他也总不忘拿出一个厚厚的笔记本，利用这段时间来进行系统整理他平日里听汇报、搞调研时随手记下的一些数据和思考。

可以说，对于他，时间总是显得捉襟见肘，白天走不完的路，他常在夜里赶，而灯光不知伴随他度过了多少个这样忙碌的日子。

他就是国土资源部部长徐绍史，一位共和国的部长。当每天辛勤地处理完诸多事务，思考着有关国土资源管理各项工作的政策措施时，闪烁着星光的深夜，才是他回家的好时点。当灯光下的身影每天离开办公室的时候，他也总不忘将当天的《中国国土资源报》放进公文包里，带回家去细细阅读。

2010年9月30日，《中国国土资源报》头版头条刊载了报道韦寿增先进事迹的长篇通讯《一位国土所长的生命答卷》。这篇文章感动了许许多多的人，更让社会各界看到了基层国土人苦干实干拼命干的拼搏精神，看到了国土资源事业发展的力量和信心。

基层国土人韦寿增苦干实干拼命干的拼搏精神，让这位繁忙的共和国部长受到极大震动，他本来似乎有更重大的事情需要去关注，去操心，可是，几月前在祖国边陲最基层最平凡岗位上视国土工作高于自己生命的年轻人，最终因为在国土工作现场着实累倒在地永远也不复苏醒的年轻人，使部长的内心久久不能平静。

多年的官场生涯已经锤炼了他经世的巨大内功，那就是淡定。可是，这一刻，他却无法让自己完全平静下来，同为国土人，一位在北京，一位在边陲。一位是国土资源系统的最高领导、共和国的部长，一位是地处中越边境靖西县安宁乡国土资源所的所长，国土资源系统最基层的普通一兵。两者好像难以在日常生活中产生交集。但是，保障经济社会发展，保护土地矿产资源，推动国土资源事业发展的共同使命，将国土资源部部长与一位基层国土资源所所长的情结紧紧连在一起了。此刻，一位在灯光里，一位在另一个世界。徐部长为这位年轻人的恪尽职守感到无比骄傲，同时又为他的英年早逝感到无比痛惜。

他不知不觉走到了窗前，凝视着窗外的沉沉天空——这个夜晚，夜色是浓重而沉痛的。

10月21日，徐绍史部长为这篇报道作出重要批示："《中国国土资源报》9月30日一版对广西壮族自治区靖西县安宁乡国土资源所原所长韦寿增的报道，生动感人，是一曲讴歌新时期国土人的时代赞歌。”

在批示中，他写道：“近年来，全国国土资源系统认真贯彻落实党中央、国务院的一系列重大决策和部署，坚持以科学发展观为指导，以构建保障和促进科学发展新机制为主线，紧紧围绕部中心工作，在抗震救灾、抗旱打井、保护耕地、地质找矿、地灾防治及执法监察等工作中争当先锋，勇作表率，涌现出了一大批先进典型人物。韦寿增同志就是这些先进典型人物中的一员……”

他还说：“韦寿增同志是一名普通的国土资源所所长，他长期工作在第一线，苦干实干拼命干，倒在了为重点建设项目征地的工作现场。他是国土资源系统全体干部职工的好榜样，也是千千万万全系统干部职工的杰出代表。要大力宣传和学习韦寿增同志身先士卒、一心为民、爱岗敬业、清正廉洁、无私奉献的优秀品格，大力弘扬韦寿增同志对党、对祖国、对人民、对国土资源事业无限忠诚的公仆精神，激励全系统干部职工始终保持昂扬向上的工作激情，立足岗位创先争优，为国土资源事业改革发展作出新的贡献。”

2012年，国土资源部部长徐绍史在广西靖西县参观韦寿增事迹陈列馆

时任中国国土资源报社党委书记的王金文，看到徐绍史部长的批示后，动情地说：“这是报社成立10多年来，部长针对一篇报道作出的最长的批示！同时也是部长对一名基层国土人前所未有的高度评价！”

在十几天之后，2010年11月4日，广西壮族自治区党委书记、自治区人大常委会主任郭声琨就学习韦寿增先进事迹作出重要批示，要求广西国土资源系统认真落实徐绍史部长的重要批示精神。郭声琨书记批示虽然简短，但分量却相当重——“以韦寿增同志为榜样，做新时期国土人。”

就这样，在祖国边陲最基层最平凡岗位上视国土工作高于自己生命的韦寿增同志的先进精神和事迹，引起了平日工作非常繁忙的国土资源部部长徐绍史同志的极大震动，他为这位年轻人的恪尽职守感到无比骄傲，同时又为他的英年早逝感到无比痛惜。

他们中，一位是基层的普通一兵，一位是身居高位的共和国部长，但出于对国家国土资源事业的高度责任感和使命感，他们的灵魂和行动最终相遇了，两年多来，徐绍史部长多次走进了广西靖西县，看望、慰问韦寿增的家人，并建成韦寿增事迹陈列馆，在徐绍史部长的亲自推动下，全国兴起了宣传和学习韦寿增先进事迹的热潮……

【采访手记】 部长与所长，看似相距遥远，实则紧紧相连。

其实，在国土资源系统，这是一件极其正常的事情。说其正常，是因为在国土资源系统，这已经形成了一个良好的传统和风气。无论是部长，还是所长，大家都是国土资源系统的一员，在这盘棋里，无论是将士相，还是车马炮，还是兵和卒，大家的共同责任都是为国家为人民保护好管理好国土资源，大家都是为了一个共同的目标——就是既要保障建设用地，保证国家经济建设又好又快地发展，又要保护好18亿亩耕地，保证粮食生产，维护国家粮食安全和社会稳定。

多年来，国土人在为国土资源这个神圣而伟大事业的奋斗中，对其产生了浓浓的深情，这个情感放弃不掉割舍不开，大家心甘情愿地为她去起早贪黑，为她去顶风冒雨，为她去趴冰卧雪，为她去流血流汗，为她献出青春年华，乃至宝贵的生命。

也正是在大家共同为事业而奋斗而献身的过程中，相互结下了深厚的情意，大家相互都深切地感到，我们只是分工的不同，没有高低贵贱之分，相互关心，相互爱护，相互帮助，既是建立和谐社会以人为本的要求，也是我们共同完成国土资源管理任务的要求。

2. 温暖永驻心田

韦寿增因劳累过度，殉职在工作现场，献出了年仅31岁的生命。他生前守护国土资源、守护心灵净土的感人事迹，被当地壮族同胞谱成壮乡山歌，在民众中广为传唱，感动着千千万万的壮乡儿女。

两年来，徐绍史部长始终牵挂着这位普普通通的国土资源所所长和他的亲人，在百忙工作中用无微不至的关爱，温暖着其家人的心田，给予他们巨大的激励和鼓舞，同样感动着千千万万的国土资源人，让人们深深感受到共和国部长对这位基层国土资源所所长的不解情怀。

因为关爱，温暖永驻心田。因为感动，事业凝聚力量。

在国土资源部深入开展“创先进党组织、争当优秀共产党员”活动中，徐绍史部长就交代人事司、机关党委，要把韦寿增同志作为我们整个系统创先争优的典范，要对他的先进事迹进行深入挖掘和广泛宣传。

为树立韦寿增这一先进典型，广西国土资源厅党组多次向国土

2011 年 3 月 25 日，国土资源部、广西壮族自治区委员会追授韦寿增同志荣誉称号暨先进事迹报告会召开

资源部、广西壮族自治区党委汇报情况，与百色市委进行深入沟通。2010 年 7 月，肖建刚厅长带队到中国国土资源报社，与报社领导共商韦寿增先进事迹宣传活动有关事宜。当年 8 月，肖建刚专门向广西壮族自治区党委常委、宣传部长沈北海进行了汇报。9 月，广西厅成立“国土精神”演讲团，到各地巡回演讲韦寿增同志的先进事迹，每一次演讲都座无虚席，掌声不断，会场常常在寂静无声中传出阵阵抽噎。10 月 21 日，中共广西壮族自治区国土资源厅党组下发了《关于开展向韦寿增同志学习活动的决定》。

2010 年 11 月 4 日，广西壮族自治区党委书记郭声琨就学习韦寿增先进事迹作出重要批示，要求全区国土资源部门要认真落实国土资源部部长徐绍史就学习韦寿增先进事迹所作出的重要批示，以韦寿增同志为榜样，做新时期国土人。12 月 29 日，广西壮族自治区党委追授韦寿增同志“自治区优秀共产党员”称号。

2011 年 3 月，广西壮族自治区党政主要领导拜会国土资源部领导时，双方把学习、宣传韦寿增先进事迹作为重要议题，进行深入研究、达成共识。2011 年 3 月 20 日，国土资源部追授韦寿增同志“全国模范国土资源所所长”荣誉称号。

从徐绍史部长对韦寿增先进事迹的学习宣传活动的持续关注与推动，并将此提升至部党组会议研究的重要内容，可以深切地感受到这位共和国部长与一位基层国土资源所所长的不解情怀，体会到他对基层国土资源人的重视和爱护。这种重视和爱护，会凝聚整个国土资源系统的力量，使大家对国土资源事业都充满一种热爱，为国土资源事业更加努力奋斗。

徐绍史多次在报告中郑重指出，“十二五”期间，我国工业化、城镇化和农业现代化快速推进，土地和矿产资源需求将持续上升，国土资源管理形势依然严峻。特别是土地管理，已经成为社会各界关注的热点焦点，由于多因素叠加，土地管理的“两难”局面和“双重”压力日益突出。同时，社会上认为国土资源系统是高危行业，整个系统转变作风、队伍建设的压力很大。在多重压力下，他每天思考最多的，是如何带领全系统职工既要保障经济社会发展又要保护好资源，同时还要惠及民生，也就是如何破解“双保”带来的两难处境。这些问题的解决，需要全系统上下凝心聚力，需要千千万万像韦寿增这样的基层同志，需要我们所有国土资源人都能像韦寿增这样，尽职尽责地把党和国家的事业当成自己的事业，埋头苦干拼命干。

“我们作为机关，主要是顶层设计、调查研究、出台政策，所有具体的事情，都是乡国土资源所、县国土资源局、市国土资源局、省（区）国土资源厅在干，就是靠这些基层的同志，他们尽职尽责地履职，我们保障发展、保护资源的任务才能很好地完成。”徐绍史在多个场合向部机关的同志们说到：“我们整个系统的队伍建设，要有一个学习的榜样，树立韦寿增同志这样的典型，就是要树立我们的精气神，以此来凝聚队伍、鼓舞斗志。”

【采访手记】 每个时代的人都有自己的使命。我们当代中国人的历史使命是什么？是实现中华民族的伟大复兴。那么，新时期国土资源人的使命是什么？是守护国土资源，是保发展、保资源、惠民生、促和谐。

正因为有了这个共同的神圣使命，千千万万的国土资源人勤勤勉勉、任劳任怨，为国土资源事业发展殚精竭虑、忘我工作。从国土资源系统的最高长官，到基层国土资源所的普通一兵，无不在为这一共同的使命夜以继日地奋战着。韦寿增的先进事迹经过《中国国土资源报》的报道进入了徐绍史部长的眼中，于是引发了“灯光下的精神相遇”，于是“点燃信仰的明灯”，最终形成为了共同使命的“守护”—— 守护国家利益、守护人民利益、守护心中信仰。

守护，成为我们这个时代最宝贵的名词之一。

3. 不曾缺席的纪念

2011 年，初春的南宁，乍暖还寒。

这一年的 3 月 25 日，靖西县安宁乡国土资源所所长韦寿增离开亲人和战友们整整一年的时间节点。广西壮族自治区党委礼堂里，国土资源部、中共广西壮族自治区委员会追授韦寿增同志荣誉称号暨先进事迹报告会隆重召开。

这一天，国土资源部部长、党组书记、国家土地总督察徐绍史，广西壮族自治区党委书记、自治区人大常委会主任郭声琨出席会议并讲话，号召全国国土资源系统和自治区广大党员干部向韦寿增同志学习，同时将“全国模范国土资源所所长”、“自治区优秀共产党员”的荣誉证书交到了韦寿增的妻子赖曼芳手中。国土资源部党组成员、副部长王世元，自治区党委常委、组织部长周新建分别宣读了《国土资源部关于追授韦寿增同志“全国模范国土资源所所长”称号的决定》和《广西壮族自治区党委关于追授韦寿增同志“自治区优秀共产党员”称号的决定》。

徐绍史在讲话中说，韦寿增同志为全系统干部职工树立了精神示范和行为标杆，追授韦寿增同志为“全国模范国土资源所所长”称号，就是要弘扬学习他的先进事迹，激励广大干部职工在岗位上创先争优，走在前、做表率，奋发进取，扎实工作，持续推进国土资源事业不断发展。

他还说，向韦寿增同志学习，就是要忠于职守、勇于担当，履行好国土资源管理职责。参加工作 11 年来，韦寿增同志始终怀着一种重任在肩的使命感和责任感，克服种种困难，扎根基层，尽责尽职，无怨无悔。在很长一段时间里，他一个人挑起了全乡一百多平方公里国土资源管理的重任。保护耕地、整治矿山秩序、排查地灾隐患、调处土地纠纷，他的双脚踏遍了安宁乡的山山水水、角角落落，他身上集中体现了新时期国土资源人对事业的无限忠诚和奋发进取的精神风貌。

徐绍史指出，向韦寿增同志学习，就是要牢记宗旨，服务民生，维护好人民群众的切身权益。韦寿增同志常年奔走在边远山区，坚守耕地红线，排查地灾险情，服务广大群众。发生地质灾害险情时，他只身排查险情并及时疏散群众，成为乡亲们生命财产的守护神；在征地拆迁工作中，他精心测量土地，不让群众吃一点亏；发生纠纷时，他总是积极调解，常说“见困难就躲，还当什么党员干部”。韦寿增同志殉职后，他的故事被编成壮乡山歌，在民众中传唱。

徐绍史强调，向韦寿增同志学习，就是要严于律己、清正廉洁。韦寿增同志家境贫寒，作为国土资源所所长，手握权力，但他坚持原则、秉公执法、不畏权势，面对金钱的诱惑、各种威胁和责难，从不为之所动、为之所惧，始终保持着共产党员的清正廉洁和浩然正气，不愧为保护国土资源、捍卫国家和人民利益的忠诚卫士。要学习韦寿增同志坚持原则、敢于碰硬、不怕得罪人的高尚品格，始终做到自身硬、自身净，树立国土资源部门的良好形象；要学习韦寿增同志以强烈的责任感和使命感，满腔热情、深怀感情服务群众、造福百姓的工作作风。

徐绍史指出，我们要以学习弘扬韦寿增同志的先进事迹为契机，打造一支敢拼敢打、永不松懈的高素质干部队伍，在全系统营造学先进、赶先进、争当先进的浓厚氛围，要把向韦寿增同志学习的活动与创先争优工作紧密结合起来，与推进当前国土资源管理重点工作结合起来，以韦寿增同志为榜样，以学习韦寿增同志为动力，引

国土资源部、广西壮族自治区党委追授韦寿增荣誉称号命名表彰大会暨先进事迹报告会 2011 年 3 月 25 日上午在广西南宁举行。国土资源部党组书记、部长、国家土地总督察徐绍史（左二）在聆听报告时感动得流下眼泪

导广大干部职工进一步振奋精神、扎实工作，锐意进取、改革创新，全面提升国土资源保障能力和保护水平，促进经济社会又好又快科学发展，以优异的成绩迎接建党90周年。

郭声琨在讲话中说，韦寿增同志是广西在深入开展创先争优活动中涌现出来的先进典型，是全自治区210万共产党员的优秀代表。韦寿增同志在短暂的工作中，始终扎根边疆，在平凡的岗位上做出了不平凡的业绩，用实际行动诠释了共产党员的高尚情操，用无私奉献树立了基层干部的时代丰碑，用年轻生命交出了感人至深的人生答卷，不愧为人民群众的好公仆，共产党员的好楷模，国土资源系统的好标兵。

郭声琨指出，韦寿增同志的先进事迹感人肺腑、催人泪下，不仅在广西而且在全国引起了强烈反响。自治区党委决定把学习韦寿增同志先进事迹作为深入开展创先争优活动的重要内容，在全区广大党员干部中迅速掀起向韦寿增同志学习的热潮，要学习韦寿增同志始终坚持国家利益、人民利益高于一切，讲政治、顾大局，忠诚于国家、忠诚于人民，永葆共产党员的先进性，做中国特色社会主义事业的建设者；要学习韦寿增同志始终牢记全心全意为人民服务的宗旨，一心为民，对人民群众饱含深情，积极为民谋利益，做保障民生的实践者；要学习韦寿增同志始终保持昂扬向上的工作激情，身先士卒、恪尽职守，真干、实干、苦干、拼命干，把全身心和精力放在干事创业上，努力在平凡的岗位上，创造出不平凡的业绩，做立足岗位创先争优的践行者；要学习韦寿增同志始终保持廉洁奉公的高尚情操，坚持原则，淡泊名利，无私奉献，不为金钱所惑，不为私情所动，永葆共产党员本色，做党的优良作风的弘扬者……

【采访手记】 国外有位著名作家曾说过，人所能得到的最大幸福、最自由最快乐的心境，莫过于爱别人和为别人献身。韦寿增用他的行动诠释了什么是忠于职守，什么叫奉献。

也许有人会说，我们只是一名普通国土资源人，在平凡的岗位上工作，要谈什么责任都是领导的事。但是，韦寿增的点点滴滴却告诉我们：虽然只是基层工作者，但是，既然把国土资源管理作为自己的职业，就要把自己的理想、信念、青春、才智，毫不保留地奉献给这庄严的选择，奉献给国土资源管理事业。

4. 永远的记忆

韦寿增先进事迹报告会定名为《守护》，通过真情报告、亲情讲述、情景再现，从韦寿增身上折射出国土资源人“守护国家利益、守护人民利益、守护心中信仰”的价值追求，“守土有责、守土负责、守土尽责”的职业操守，“不畏艰难、不惧压力、不图名利”的思想品格。

报告会现场庄严、热烈、座无虚席。

台上，报告团成员真情讲述、激情饱满，动情处多次无语凝咽；台下，听众用心聆听，不时爆发出热烈的掌声，感动之处眼含热泪。

韦寿增生前的亲人和同事以及采访过他先进事迹的媒体记者，从不同侧面讲述了韦寿增同志平凡而感人的先进事迹，从不同角度诠释了一位优秀国土人的崇高品质和伟大精神，用真情、用泪水向听众讲述了韦寿增那些平凡真挚、感人肺腑的故事，把这位来自边陲山区的国土所长带到人们面前，让现场及守候在屏幕前的人们近距离地“接触”着这位“全国模范国土资源所所长”生前的点点滴滴。

“嗨，苍天有情天垂泪，大地有意地无声，百姓呼喊韦所长，英年早逝痛人心，国土痛失好战友，乡亲痛失好亲人。”靖西县的群众缓缓出场，叹唱壮乡独特的末伦呼唤他们尊敬的好所长——韦寿增。

听众还沉浸在末伦带来的悲痛氛围中，现场大屏幕亮起，播放介绍韦寿增生前事迹的短片，把大家的思绪带进了对韦寿增的深切缅怀之中。回望往事，在31年的短暂生命里，他用了近半的时间守护在最边远、最艰苦的边陲山区。工作11年来，他坚守一线，苦干实干拼命干，从不因工作条件、环境艰苦而向组织提过任何要求。随着韦寿增生前工作、生活的情景一一再现，台下一次次响起经久不息的掌声。

韦寿增的双脚踏遍了安宁乡的山山水水、角角落落，遗憾的是，他留下来的影像和声音资料太少了，以至于报告会现场的大屏幕上不断闪回的是他生前一张半身黑白证件照。大草帽、迷彩服、解放鞋，这些留在同事们脑海中的深深印记，只能通过模拟画面呈现，观众们看到的是一个走村入户、步履匆匆的背影。

韦寿增的事迹感动着无数的人，一场学习其先进事迹的热潮在八桂大地掀起

韦寿增生前的同事农碧欣第一个作报告。从2002年担任安宁乡国土所所长起，韦寿增一个人承担起耕地保护、矿山整治、地灾防治、地籍管理、土地调查、调处土地纠纷等十几项国土资源管理职能工作。一辆骑了10多年的老式摩托车和一双解放鞋，便是他巡查时的装备。

“韦寿增总是说，我们做国土资源工作，不能让国家受损失，也不能让群众吃亏。”农碧欣怀着敬仰和哀思之情，给大家讲述她眼中的韦所长：“在征地办工作的近四个月时间里，我从来没有听他说过一个累字，当他真的倒在工作岗位上时，我们简直不敢相信，一个不知疲倦的人就这么走了，带着对这片土地的多少眷恋，对这份工作的多少不舍！”

农碧欣的回忆，引发了一片掌声雷动，大家为韦寿增感人的事迹鼓掌，更为国土资源人那“守护国家利益、守护人民利益、守护心中信仰”的价值追求而鼓掌！

韦寿增同志的先进事迹经媒体报道后，感动了千千万万的人，也感动了许多曾经去采访报道的记者。靖西县委宣传部宣传干事张乾霖全程参与了媒体的采访活动，他说：“韦寿增同志的先进事迹传出后，中国国土资源报、广西日报、广西电视台等媒体纷纷派出记者到我县进行采访报道，我有幸全程参与了这些媒体的采访活动。这期间，我们不仅走访了韦寿增同志生前的领导、同事和家人，还深入到他的老家、他生前工作的征地现场，特别是韦寿增挂点村那些他曾经帮助过的群众家中进行采访。所到之处，我们都深切感受到了韦寿增和村民们建立起来的那种亲人般的深厚情谊。走在韦寿增当年曾经指导过的果园里，看着每家每户用沼气生火做饭时那蹿动着的蓝色火苗，看着村民们那一双双饱含热泪的眼睛，我仿佛也看到了韦寿增在村里来回奔波忙碌的身影，我更明白了为什么村民们对韦寿增是如此的思念和不舍。”

中国国土资源报社社长、研究员陈国栋回顾了韦寿增去世前8天其中一天的工作生活：2011年2月14日至18日，我们按照部党组的要求，专门组织采访组到韦寿增同志生前工作和生活的广西靖西县安宁乡进行深入采访，我们先后采访了韦寿增的领导、同事、亲人以及他长年时刻惦记着的乡亲们。之后，采访组沿着韦寿增同志到自治区重点项目征地现场，到地质灾害隐患点巡查，到驻点的古庞村的足迹，一路采访，一路感受着他的工作气息，深刻地体会到基层国土资源人的工作状况。

我统计了一下，3月21日这一天，韦寿增同志骑着摩托车在颠簸不平的县乡村公路上一共跑了220公里，排查了4个地质灾害隐患点，走了4公里山林小道，又丈量了一宗征地，夜晚还在电脑上录入资料，一天里的十七八个小时，都在忙工作。这一天，无疑是忙碌的，是一直持续工作状态的一天。然而这样的一天，对他来说也只是生活里平常得不能再平常的一天。

5天的采访，让我们深切地感受到：韦寿增同志是一个扎根基层、恪尽职守、淡泊名利、清正廉洁的国土资源人；是一个有血有肉、有情有义、忠于职守、默默奉献的基层党员干部；是为保障边疆经济发展苦干实干拼命干的连机器都知道疲倦、而他却仍在坚持着的“拼命三郎”！他是千千万万国土资源人的杰出代表，他的这种迎难而上、不畏艰险、敢于担当的精神，是国土资源系统保障发展、保护资源、勇破“两难”的不竭动力，是经济社会和谐稳定持续发展的坚强基石。这，就是韦寿增在平凡中寓意着的伟大！回忆起这些，陈国栋眼中泪光闪闪。

靖西县渠洋镇国土资源所所长农其健，讲述了那段让人痛心的场景：“我回过头去叫韦寿增，打开后排车门，连摇了他几次，他都没有反应。这时候，我看到他的脸又白又黄的，好像是生了重病的样子，我赶紧抓住他的手，他的手还暖，但是却软绵绵地垂了下来……”

当时，韦寿增头下枕着的，就是一个每天都要携带的文件袋。看着这个普通的文件袋，回想起自己和韦寿增共同走过的他生命中最后8个小时，以及那些与他并肩奋战的日日夜夜，农其健忍不住哭了：“寿增兄弟，我们永远想念你！”

韦寿增的妹妹韦华在报告会上泣不成声：“哥哥，我是多么舍不得你走！”韦寿增家的老屋还是70年前起的老房子，屋顶和外墙到处是修补过的破洞，年迈的爷爷、姑婆和生活难以自理的大妹还住在这个旧房子里。韦华对哥哥说，作为一个国土所长，你就不能想想办法吗？他却说，做人要坦坦荡荡，这样才活得有尊严，宁愿自己苦点累点，也不愿意因为金钱而做那些违背良心的事……当哽咽着讲完哥哥的故事时，韦寿增的妹妹韦华早已泪流满面：“哥哥，请你放心，你为国家尽忠，我会替你尽孝，照顾好妈妈；我会和嫂子一起，带着侄女长大成人。”

韦寿增的妻子赖曼芳最后一个作报告。“直到现在，我们的女儿还不知道她的爸爸已经不在人世。等女儿懂事了，我会告诉她，她有一个好爸爸！”妻子含泪的呼唤，长眠地下的丈夫听不见，但党和群众听得见。潮水一般的掌声，久久不能停息。韦寿增的妻子赖曼芳深情地说：“寿增去世后，我一个人到寿增生前曾经工作过的安宁乡给他办理销户手续，乡里的领导和寿增生前的同事知道我来了，都围了过来说，他们要像寿增那样，坚守岗位，坚守职责，坚守事业。也就是在那一刻，我才突然明白了，理解了，寿增之所以没有时间关心、照顾家里，那是因为他已经把自己毕生的精力和全部的爱都奉献给了他的工作，献给了他所热爱的国土事业。”

广西卫视、国土资源部门户网站现场直播了命名表彰大会及韦寿增先进事迹主题情景报告会实况。国土资源部有关司局、直属单位负责同志，广西壮族自治区党委、政府有关部门负责同志及各部门创先争优活动领导小组组长、办公室主任，自治区国土资源系统党员干部代表等700多人参加了命名表彰大会及韦寿增先进事迹主题情景报告会。国土资源部机关各司局、各派驻地方的国家土地督察机构、中国地质调查局及其他直属单位，全国县级以上国土资源管理部门组织干部职工集中收看了实况直播。

听到这些感人的话语，人们用肃静表达了对韦寿增同志的尊敬，用泪水来缅怀这位可爱的国土人。一个个感人肺腑的故事撞击着每一个人的心灵，一段段感人至深的述说，让每一个人体验了前所未有的感动与震撼。许多人一边听，一边看，一边抹泪，一边鼓掌，往往泪水刚刚抹去，又情不自禁地涌出，非常感动，也备受鼓舞。

“我会守护在你身边，你会明白什么是永远，风雨已经消失我们很努力，无数颗真心创造着奇迹，我们在这里守护着你……”当MTV《守护》——献给韦寿增的歌响起，现场的听众、领导眼中无不饱含着泪水。他们有来自国土战线或者其他行业的干部职工，有来自大中专院校的学生，但都是韦寿增的“战友”。他们和千千万万个韦寿增一起，用坚强和汗水，将忠诚写在了祖国大地上。

听众杨柳青含着泪水听完了这个报告会，她说：“报告会让我的心灵受到了一次洗礼。从韦寿增的身上，我看到了一个边防国土所长的精神品质。我更深地体会到，在平凡的工作岗位上可以创造出一流的业绩。”

听众农宛蓉专程从靖西赶来听报告会，并找到赖曼芳给她一个紧紧的拥抱：“我们就是你的亲人。你要坚强地生活，我们都会帮着你，我们都会在一起。”

报告会结束后，柳州市国土资源局总工程师余丽琼和合浦县石康国土资源所所长朱丽云也来到后台，向赖曼芳表示慰问。她们说：“这样一位好同志这么年轻就献出了宝贵的生命，确实让我们感觉到了国土资源人的责任……有这样的楷模给我们作出表率，我们一定会坚守这个岗位，守护我们的国土，守护我们的家园。”

【采访手记】 老百姓的眼泪是“金”。谁能把老百姓的事当成自己的事，点点滴滴装在心中，踏踏实实落实在行动里，老百姓就惦记着他，就会把心掏给他，就能把“金”洒给他。

在追授韦寿增“全国模范国土资源所所长”、“广西壮族自治区优秀共产党员”荣誉称号命名表彰大会暨先进事迹报告会上，我们深切感受到，虽然韦寿增同志离去已经将近一年，但人们对他的思念、对他家人的关怀，却没有丝毫减少。壮族老乡唱起的那曲哀婉低沉的山歌，报告会上人们流下的泪水，就是对这位国土资源干部赤诚之心的深情赞歌。

5. 仿佛，他还在身边

会场之外，更多的人在想念着这个年轻人。

在距离南宁市区 260 公里的韦寿增家乡靖西县，当地干部群众集体收看了现场直播，他们为家乡人的猝然早逝而伤心难过，更为他的忠于职守、不畏艰险、甘于清贫、勇于担当的精神而无比动容，他们说，韦寿增是他们的骄傲！

3 月 25 日 8 时 30 分，广西百色市靖西县国土资源局会议室里坐满了人。局里全体干部职工静静地守候在电视机前，等待“追授韦寿增同志荣誉称号命名表彰大会暨先进事迹报告会”的现场直播。他们拿着局里印发的有关韦寿增同志先进事迹的新闻报道，在直播开始前再次认真地研读、学习。韦寿增对党忠诚、甘献青春的政治品格，扎根基层、恪尽职守的敬业精神，心系群众、以民为本的优良作风，淡泊名利、清正廉洁的高贵品质，充满爱心、孝亲敬老的高尚情操，深深地打动并感染着每一个在场的国土人。大家纷纷表示，通过学习韦寿增同志的先进事迹，努力争当一名让党和人民满意的好党员、好干部。

南坡乡国土资源所所长农忠伟边看材料边做笔记，他说："报纸上的评论写得太精彩了，很到位！韦寿增同志作为一名普通的国土资源所所长，长期工作在第一线，他用年轻的生命诠释了一名共产党员对党和人民的无限忠诚，以实际行动树立起了一名基层国土资源干部的光辉形象、谱写了一曲新时期国土资源人的时代赞歌。我和韦寿增曾一起参加高速公路的征地工作，他干起活儿来真的很拼命，对待每件事都认真负责，他的精神和品质永远值得我学习！"

上午9时，报告会正式开始。当南宁的会议现场响起国歌时，靖西局全体干部职工自觉起立，大家激动地高唱国歌，表达对祖国的热爱和对韦寿增的敬意。

当国土资源部、广西壮族自治区党委分别宣布追授韦寿增同志"全国模范国土资源所所长"和"自治区优秀共产党员"荣誉称号的决定时，会场响起热烈的掌声。同志们表示，这是对韦寿增同志辛勤工作、一生为民的肯定，这份荣誉值得每一个国土人骄傲、自豪！大家表示，要以韦寿增同志为榜样，加强党性修养，弘扬崇高精神，在本职岗位上创先争优，争当干实事、干好事、干群众欢迎的事的好党员、好干部！

韦寿增的感人事迹让在场的干部职工为之动容。很多人在不知不觉中已泪湿面颊，好些人哭红了眼，还有人难以抑制内心的激动掩面而泣。王彩额哽咽着说："我们国土系统失去这样的好干部好同志，我感到很难过，同时也感到很惋惜。在今后的工作和学习中，我要继续发扬韦所长的可贵精神，把本职工作做得更好！"

都说男儿有泪不轻弹，今年53岁的农日荣竟哭成了泪人，一双泪眼好像总也擦不干："我长这么大，很少流泪，今天我真的被韦所长的事迹打动了。他那么年轻，但却有着扎根基层、心系群众、孝亲敬老、忠诚于党的可贵精神，我还要向他学习！"

在县局实习已满一个月的大学生黄涛泪眼婆娑地说："之前在电视、报纸上也看过韦所长的先进事迹，但了解得不深。今天的报告会，让我重新认识了韦所长。他是如此平凡，而又如此伟大，他让我明白了什么是真正的人生价值。"

韦寿增去世后，谭成望接替了所里的工作。回忆和韦寿增并肩忙碌的那些日子，谭成望几度泣不成声。

"他像大哥一样给予我帮助。乡里没有食堂，他就叫我和他一起搭伙，工作太忙，或者街上没有菜卖了，我们就一起泡方便面，一起炒剩饭。"业务上，韦寿增更是谭成望的老师。

谭成望记得，他去所里报到当天，韦寿增就指着办公桌上的皮尺、计算器、三角板和铅笔，还有《国土资源政策法规汇编》、《国土资源管理工作人员廉政读本》这两本书对他说，"老弟，这就是我们的武器。"谭成望当时表示不能理解。韦寿增说："兄弟，往后你会明白的。"后来，在一次宅基地纠纷的处理中，谭成望想当然地让当事双方提出自己的理由并折中处理，结果双方都不满意。随后赶到的韦寿增，根据两家的证据，拿出皮尺当场丈量，随后又耐心劝解，化解了一场纠纷。谭成望领会到了"武器"的重要。

"我是他手把手教出来的！"谭成望感激地说。

安宁乡是靖西锰矿资源丰富的乡镇，打击非法采矿、治理矿业秩序成了安宁国土所工作的重点和难点。谭成望说，有的人偷偷摸摸打上几个洞，挖上两三天就可以捞上几千元钱。有人曾提出让韦寿增入伙，还有人允诺重金要他装作不知道，结果，都被韦寿增严词拒绝。于是，便有人找谭成望，让他动员韦寿增。“我把情况和韦寿增说了，他郑重地告诉我，做一个真正的国土人必须‘不徇私、不枉法’，这样才对得起这份工作，对得起自己的良心，才睡得好一个安稳觉。”

“韦寿增就像我的亲兄长，对我既严格又关照。他常常告诫我，地灾防治是人命关天的大事，来不得半点疏忽，一定不要怕辛苦，要亲自到现场掌握真实情况，这样心里才踏实。安宁乡有 9 个地质灾害隐患点，韦所长坚持每周巡查 1 次，汛期每周巡查 2~3 次。每次巡查他还会同时把非法采矿点的监控、土地动态巡查结合起来，为此，常常是白天一大早出去，直到晚上才能回到乡里。每次巡查回来，他都要加班补写巡查记录。有时他担心我吃不消，他还逗我说，‘你得不得啊？’我说，‘得啊，你都得，我怎么不得！’谁知道，他先累倒了……”

谭成望的眼泪不由地落下来。

做了个深呼吸，抹了一把脸，谭成望接着说：“2009 年 10 月，韦寿增虽然已经被抽调到县高速公路指挥部负责征地工作，但那个时候，正是第二次全国土地调查的关键时期，全乡还有 6 个村的地籍资料没有完成电脑录入工作，他把这 6 个村的数百份的地籍资料档案全部带回县城家中，白天外出征地，回家忙完征地内业后，加班录入这 6 个村的地籍资料。平均一个村的录入量大约要 3 个工作日。我说让我来完成，他说他不在所里，我会很忙，由他录可以减轻我的压力。其实，他承担的压力更大。”

在谈及如何向韦寿增同志学习时，局领导班子成员闭雷说，韦寿增同志一生清贫廉洁、默默无闻、克己奉公，在平凡的工作岗位上做出了不平凡的业绩，全系统干部职工要以韦寿增同志为镜子，找准差距，完善自我，提高自身素质；要以韦寿增同志为典型，激发开拓创新的活力；要以韦寿增同志的精神为动力，积极向上，努力工作，为国土资源事业的改革与发展再立新功！

在靖西县安宁乡政府，韦寿增的同事们围坐在电视机前，神情严肃，收看报告会。韦寿增那些熟悉的话语、感人的举动，令在场的人热泪盈眶。靖西县安宁乡政府干部黄永树说，韦寿增同志去世了，我感到很悲痛，我要化悲痛为力量，扎根边疆、扎根基层、尽职尽责，做好工作。

中越边境线上的靖西县安宁乡古庞村，许多村民早早就坐在电视机前，等着收看追授韦寿增同志荣誉称号命名表彰大会暨先进事迹报告会。

在韦寿增同志挂职工作联系点靖西县安宁乡古庞村，很多生活困难的群众曾得到韦寿增的帮助。得知电视台要直播韦寿增先进事迹报告会，当地群众老早便聚在一起。古庞村党支书许绍克说，韦寿增一直挂点他们村，这几年来办了许多好事和实事，他走了，群众都很怀念他。五保户蔡大同说："韦所长对我很好，他去世了，我很伤心。一想起他的好，就忍不住掉泪。"

在韦寿增同志的家乡靖西县地州乡甘荷村，当地群众自发组织在一起收看电视直播。村里人都说，韦寿增走了，但他永远是甘荷村的儿子，永远是甘荷村的骄傲。甘荷村群众李道同说，韦寿增为祖国为人民大公无私奉献的精神永远活在大家心里。

当天天气有些冷，念定屯 56 岁的孤寡老人许朝万穿得稍显单薄，但他似乎没有感觉到寒冷，嘴里不停念叨着："寿增要上电视了！"前一天，村里的小孩告诉他这个消息，他一个晚上都没有合眼。2002 年初，许朝万患过一场大病后几近瘫痪，生活不能自理。韦寿增知道后，每次到屯里，都会从自己微薄的工资中挤出钱来，给老人带去一些生活用品，老人很是感激。

走在古庞村，地里的橘树都已吐出新芽。“这些果树，都是小韦来了指导大家种植的，近年来收成很好。”在念通屯，一名群众放下手中的活，指着一片柑橘林告诉记者。

在村支书许绍克家里，群众默默地收看电视转播，一边看一边不停地抹眼泪。一个小女孩躺在奶奶怀里，眨巴着眼睛问：“奶奶，你为什么哭？”“电视上说的就是上次来我们家的韦叔叔。他是个好人，你要记住他。”许绍克告诉记者，韦寿增一直挂点古庞村，这几年为群众办了许多好事和实事，他走了，群众都很怀念他。

“如今，古庞村有了产业，日子一天比一天好，可是，小韦再也看不到了。”坐在自家电视机前，村民韦万邦眼含泪水。2004年3月，韦寿增来到古庞村挂点，挨家挨户做工作，当年全村第一次种下100多亩蜜橘和广柑。从那以后，韦寿增除了忙乡国土所的工作，几乎所有时间都扑在这片果园里，面对面地向村民们传授技术，手把手地教他们搞栽培，和群众同吃同住同劳动。

“我们一定会沿着小韦引导的路子，好好走下去，让他在天之灵也安心！”许绍克望着远方，目光坚定。

【采访手记】 在一个人执著地追求中，必蕴含着一种深沉的爱。勤劳、淳朴、一生劳作的父母要求甚少，对孩子最大的期望就是“走正道”，韦寿增在他们身上深深地感受到中国劳动人民身上那金子般的美德。这种刻骨铭心的挚爱，是韦寿增一生与人民群众血肉相连的根。

他曾多次从自己的工资里掏出钱，塞到贫困农民的手中，帮助他们发展生产；他带领村里找水源、修水柜，使穷了几辈子的农民喝上优质水……群众的每一点难处，每一点苦处，都是他心中的痛，全心全意为人民谋利益是他生命中最炽热地追求！

6. 部长的心事

2011 年 3 月 25 日，还是在南宁召开追授韦寿增“全国模范国土资源所所长”、“广西壮族自治区优秀共产党员”称号大会的时候，徐绍史部长提出要建一个韦寿增事迹陈列馆，而且还提出一定要当面慰问韦寿增的家属，当时考虑到韦寿增的爷爷身体不好，不能来，部长原计划要专程赶到韦寿增的老家去。但因为时间太紧了，加上有重要会议要去参加，追授会结束后，徐绍史部长必须马上赶回北京，靖西之行难以成行。但部长说，一定要见见韦寿增的孩子。

那个时候，孩子还不到 4 岁，韦寿增的姑姑在开会前一天把孩子带来了。韦寿增的妻子赖曼芳和妹妹韦华，此前已经来到南宁。

追授表彰会召开前半个小时，徐绍史部长和广西郭声琨书记、马飚主席在会场后台的一个会议室接见了韦寿增的亲人。

2012 年 2 月 27 日，国土资源部部长徐绍史来到广西靖西县看望韦寿增的家人。在道别时，他紧紧握住韦寿增爷爷的手说：“爷爷，我们走了啊，请您千万多保重身体！”

“来，让爷爷抱！”一见面，徐部长就亲切地和孩子打招呼，然后蹲下身子，满脸疼爱地将孩子抱了起来。

“寿增是我们系统的一面旗帜，一个典范。他虽然走了，但他的精神还在。这次我们到南宁开追授会，就是要学习他这种精神，让全系统都向韦寿增学习，凝聚我们的队伍，振奋士气。”部长高度评价韦寿增并安慰他的亲人。

报告会结束后，在与报告团成员握手时，部长又跟赖曼芳和韦华说：“今后有什么工作上生活上的困难，要及时告诉我。”同时，部长又问起韦寿增建房时欠银行的 8 万元贷款的情况，提出要想办法帮助解决。

“我心里面还有一件事情没办成，就是还没有到过韦寿增的家。一定要去看看韦寿增的家！”2011 年 6 月 28 日，在从浙江第七地质队丽水基地前往找矿现场看望地质队员的路上，徐绍史部长突然对随行的同志提起这桩未了的心事。

“我们广西的同志每一次到北京汇报工作，徐部长首先要交代的，就是要求我们一定要关心好、帮助好韦寿增的家属，为他们解决实际困难。对韦寿增先进事迹的学习推动，部长也是时时刻刻挂在心上。”谈起绍史部长对这位来自边疆地区基层国土人的关心厚爱，广西国土资源厅党组书记、厅长肖建刚感慨万千。

“这种关怀体现了部长对基层同志的一种情怀，就是基层国土资源人的点点滴滴，都装在他的心里。”肖建刚说。

2 月的广西靖西县，虽然阴雨连绵，寒气袭人，但一种企盼、激动和温暖，写在韦寿增的亲人和革命老区壮乡儿女的脸上。

2012 年 2 月 27 日，地处中越边境的韦寿增同志的家乡，像过年一样充满着喜庆。这一天，壮族同胞用他们亲手缝制的绣球以及壮乡特有的糯米酒，迎接一位尊贵的客人——国土资源部部长、党组书记、国家土地总督察徐绍史。徐绍史是为了看望韦寿增这位普普通通的已故基层国土资源所所长的亲属，在百忙中专程来到这里。

2月26日下午5点，徐绍史从贵州抵达广西南宁后，不顾连续多天在云南、贵州的调研劳累，从机场直接驱车近300公里，在晚上8点30分赶到韦寿增同志的家乡靖西县。

2月27日上午8点15分，在广西壮族自治区常务副主席黄道伟、自治区国土资源厅厅长肖建刚、百色市委书记赖德荣、靖西县委书记黄小宁的陪同下，徐绍史来到了韦寿增的家中。

此时，韦寿增的亲人们已全都站在了家门口，正热切地盼望和迎接部长的到来。

“今天我们大家来看望你们，对你们表示慰问。韦寿增是一位好干部，是我们国土资源系统的一面旗帜。广西壮族自治区和国土资源部为他进行命名表彰以后，在广西和全国国土资源系统掀起了向韦寿增同志学习的热潮，李克强副总理也非常重视，也为韦寿增的事迹所感动，作了大段的批示，你们都知道吧？”

与韦寿增的亲人们一一握手坐下后，徐绍史亲切地说明来意并问道。

“克强副总理批示之后，大家向韦寿增同志学习就更加自觉了，最近我们还在谋划把向韦寿增同志学习的活动更加深入地开展下去。”徐绍史告诉韦寿增的亲人，“郭声琨书记因为有会议，不能一起来看望你们，但昨天他专门拜托我向你们问好，今天黄副主席和我们一起来，就是专门向你们表示慰问，了解你们有什么困难。”

徐绍史仔细询问韦寿增亲人的工作、生活、身体等情况。当得知韦寿增的妻子赖曼芳已从乡林业站调到县国土资源局工作、妹妹韦华已安排在县第一小学任教、5岁的女儿已上幼儿园大班、84岁的爷爷身体也很硬朗时，徐绍史的脸上露出了欣慰的笑容。

“我们在北京，离这很远，不能经常来看望他们，拜托你们要经常关心照顾他们，尽可能帮助他们解决工作、生活中遇到的困难。”临走时，徐绍史将百色市和靖西县国土资源局局长刘忠雷、郭强叫到身边，反复叮嘱道：“这边的事全部拜托给你们，一定要把爷爷、曼芳、孩子还有韦华照顾好！”

“得知部长要来看望我们，我们都非常激动，感谢部长来看望我们一家老小。”赖曼芳的激动之情溢于言表。

在与韦寿增的亲人道别时，徐绍史紧紧握住韦寿增爷爷的手说：“爷爷，我们走了啊，请您千万多保重身体！”

部长无微不至的关怀和他亲切的话语，温暖着韦寿增亲人的心田，使他们感受到巨大的鼓舞。

“哥哥的去世是我们家最大的不幸，这种痛是无法弥补的。可是，哥哥走后，我们得到大家这么多的关爱，特别是部长不远万里来看望我们，这种安慰，这种温暖，我真的无法用言语来表达！去年3月的命名表彰大会上，部长在接见我们时就安慰我们，说不要太悲伤，上级会尽量照顾我们的，部长还说如果有机会，他会亲自来看望我们，没想到部长真的就来了！”韦华感慨万分，她说，“我们是一个普普通通的家庭，哥哥生前所做的也是普普通通的工作，部长能走进我们这么普通的家庭，感觉他真的很平易近人！他不辞辛苦、大老远专程来看望我们，他对我们的关心关爱，让我们觉得他就像我们家的亲人一样！”提起部长点点滴滴的关怀，韦寿增的妹妹韦华眼中的泪水不禁夺眶而出。

其实，被感动的不只是韦寿增的亲人，了解韦寿增这一典型树立过程的各级领导和各界人士，谈起共和国部长徐绍史对这位基层国土人的高度评价和无微不至的关心时，也无不为之感动和折服。

韦寿增同志因工作劳累倒在工作岗位后，徐绍史一直惦记着他的亲人们的工作和生活情况。逢年过节，他都会亲自交代部办公厅的同志，一定要派出慰问组代表他和部党组到韦寿增家中慰问，同时要求广西国土资源厅党组帮助他们解决工作、生活中所遇到的困难。

“我们广西的同志每一次到北京汇报工作，徐部长首先要交代的，就是要求我们一定要关心好、帮助好韦寿增的家属，给他们解决实际困难。对韦寿增先进事迹的学习推动，部长也是时时刻刻挂在心上。”谈起绍史部长对这位来自边疆地区基层国土人的关心厚爱，广西国土资源厅党组书记、厅长肖建刚感慨万千。

“这种关怀体现了部长对基层同志的一种情怀，就是基层国土资源人的点点滴滴，都装在他的心里。”肖建刚说。“国土人不缺的是精神，而需要的是关爱，韦寿增同志牺牲后，各级领导和组织对他的家属和亲人都给予了关心和厚爱。徐绍史部长多次要求，一定要照顾好韦寿增同志的家人，不能让他们再受到痛苦和伤害，要让他家人幸福地生活。部长多次接见韦寿增同志的家属并致以亲切的问候。再三叮嘱，国土资源系统各级领导要关心干部职工的工作和生活，更要多多关心韦寿增同志这样的家人和工作在最基层的国土资源所干部职工，不能让他们为国土资源事业奉献了一切，换来的是家人的痛苦和辛酸。”

【采访手记】 从“部长的心事”里，我们看到徐绍史部长的无限柔肠。“亲自看望慰问韦寿增的家人，为他们做点什么，一直是部长放不下的一件心事。”其实，见与不见，韦寿增的家人都如同亲人般装在徐绍史部长的心里。见了面，他会带来慰问和关心；不能见面，他会捎去慰问和关心，而且无论见与不见，他始终不忘叮嘱当地党委政府、国土资源部门领导照顾帮助韦寿增的家人。

他的兵及他的兵的家人，都装在这位共和国部长的心里。或许正因为他的心里装着这无数的人，所以他的一言一行一举一动，都散发着温暖人心的亮光。这亮光，从国土资源部机关大楼B楼那间办公室，从地质灾害抢险救灾一线，从土地整治项目现场，从每一个有他的地方，穿透长空，让温暖永驻心田。

第十章

为了共同的使命

2011年8月29日，中共中央政治局常委、国务院副总理李克强同志对韦寿增先进事迹作出重要批示，对韦寿增同志“扎根基层、一生奉献”的事迹给予了高度评价，同时对广泛宣传和深入学习韦寿增的先进事迹提出了新的要求。

韦寿增身上折射出来的质朴而崇高的精神，正在成为全国各级党组织和党员创先争优的价值取向，先进典型的示范带动作用正在不断释放和扩散，为全区各行各业深入推进创先争优、引领社会风尚注入了强大的动力。一个韦寿增，牵动着千万个继续坚守工作在国土岗位上的国土人。韦寿增的先进精神和事迹表明，使命和责任有时不是一种硬性的宣传和空泛的口号，只有行动，才是最无声的宣传。国土资源，只有守护，才会继续滋养和造福一代代人。

1. 我把国土交与你

“我”是谁？是——千千万万曾经和正在保卫祖国的边防军战士。

整整40年前，我有幸成为这支庄严队伍的一员，奉命把守在海拔5000公尺的藏北高原。那时，“用鲜血和生命誓死捍卫祖国的每一寸领土”，是每天都振臂高呼的口号。某夜，我们之中一位年轻的士兵，中弹扑倒在万古不化的冰雪上，用他不到20岁的青葱年华，实践了这句诺言。

星寒风高，我们为他更换尸衣。被敌人击穿的肠子流出体外，冻成猩红的冰坨，耷拉着，再也无法安送回腹腔。我们只好将军装剪开，用层层衣襟交错包裹，才把他勉强装殓。待做完了这一切，天将破晓。我站在寂寞旷野中，仰望苍穹，第一次悲怆地叩问上天：无知无觉的土壤，真的比一截生龙活虎的呼吸更宝贵吗？冷硬干燥的沙子，真的比雪白而坚固的骨殖更值得珍惜吗？

答案苦涩：是啊。这寒漠边陲的每一撮永冻土壤，都关乎祖国人民的千万年福祉。这里的每一抔毫无声息的沙砾，都代表着一个饱受磨难民族的尊严。

于是，匆匆拭泪，走向新的战场，再也不费心思索这个问题了。已然有了颠扑不破的答案。

后来，我卸下军装，回归一名普通的老百姓，生活在摩肩接踵的城市里，远离担子，成了被保卫的一员。已经尽过了对祖国的承诺，从此不再遥想阔大冷峻的边陲。2008年，我乘坐远洋轮船，绕地球航行一周，用了100多天，完成了环球之旅。终日僵坐船头，看数十个国界如烟云般在眼前依次展现，然后隐遁而去。面对看似无疆无际，实则每一寸水域都有了归属的大海，突发奇想，好想轻声问一句：我把国土交与谁？

是啊。从上古时代开始，人类无休无止的战争，归根到底，绝大多数都是为了土地。有了土地，就有了生存的底线，就有了繁衍昌盛的基本保障。于是，地球的版图就在铁蹄和硝烟中，一次次改写。人们朴素而顽固的癖好就是：拼命扩大自己的势力范围，掠夺他人的地盘。让自己生活得舒服一点，宽敞一点，牢靠一点，富裕一点。至于对手吗，哈！谁让你弱小？谁让你落后？谁让你温良？谁让你没有足够的铁与火，保卫自己的家园！落后就要挨打，你理应活得逼仄，理应衣食无着，理应萎缩消亡，理应最后被逐出人间舞台……

这种选择，从生物学的角度上也许可以归入“物竞天择”、“优胜劣汰”的范畴，但人类毕竟不是没有知觉的植物，不是弱肉强食的动物！肆意掠夺和灭绝其他种族，从社会学和人类进化的历史来看，都是强盗和殖民者的逻辑，野蛮而残忍。

于是有了风起云涌的保卫国土之战，于是有了谈判桌上寸土必争的较量，于是有了军事的结盟和经济的壁垒，于是有了蘑菇云原子弹和种种高科技的杀人武器……而这一切的核心，都是为了让自己和自己血脉相承的族人，在更辽阔富饶的土地上，活得更滋润。

整个文明走到今天，把自己的幸福建筑在他人痛苦之上的战争哲学已日渐式微，靠明火执仗地侵略他人的家园，以扩展自己的生存空间，几乎已不可能。爱好和平的人们终于认识到，地球这块圆形蛋糕，体积就这么大，怎么折腾，都不可能做得再大了。哪怕是填海造田，表面上确实是增加了土地的面积，其实不过是以压缩了海洋疆域为代价，背着抱着一般沉。

你想幸福吗？只有一条路——把自家经营好，精心规划精雕细刻飞针走线花团锦簇，然后，与他国和谐相处。

边防军是需要的，土地是要捍卫的。只是保卫得铁壁合围固若金汤曾经浸染过热血的国土，从握紧枪杆的战士手中，最终交到哪里？

交给日日推高房价的房地产商吗？交给坐拥地下矿产之富的暴发户吗？交给收了若干年的过路费，还继续高举“还贷”旗帜的公路经营者管理者吗？交给已经将土地分到手里然后撂荒的农人吗？交给为了一己之利污染山川河流的急功近利者吗？交给有了一张70年的土地使用权的房产证，证上有几间小屋的你和我吗？

似乎，是的。然而，绝不是。

把土地交给人民，自然是对的。可随便某个人，就可以支配国土这个无比庞大的标的物吗？显然，并非如此。

国土，一个如此苍凉的概念。它覆盖着祖国的每一寸肌肤，没有了国土，一个民族便没有了立足之地。国土又是一个如此古老的概念，在它的襟怀里，深扎着我们的祖先和文化的根须。你很难设想，一个丧失了国土的后裔，还能从容地记忆和传唱他先人的歌。国土，又是一个如此脆弱的体系，一朝污染一夕损毁，就再也难以复原。国土，是一个埋藏着巨大希望的聚宝盆，所有生于斯长于斯的人们的梦想之花，都要在它的羽翼下萌芽。

百转千思之后，想对能够决定国土命运的人们郑重说一句——你们可要把国土管好啊！

你们代表着曾经在这块土地上休养生息的万千民众，行使建设今天和构思明天的权力。你们是不带枪的第二边防军，因为今天也还有各式各样的势力，以各种各样的名目，企图蚕食我们的领土。你们一定要给蛀虫致命的还击，斩断罪恶的黑手。你们肩负着已经出生和尚未出生的孩子们的期盼，因为今天活着的人们，不应该提前透支子孙万代的富庶与欢颜。

我把国土交与你。即使我们老去，也要在这块土地中歇息。为了自己的清宁和民族的久安，你们可要善待这片古老的土地啊！

著名作家毕淑敏，曾在《中国国土资源报》上发表这篇名为《我把国土交与你》的文字，文章一经发表，就因其新颖的主题和深沉的情怀，引起了系统内外广大读者的关注。不久后，该文更被《读者》、《青年文摘》等各大报刊所转载，引发了全社会读者的热议，一时间，“我把国土交与谁”、“你们能善待这片古老的土地吗”等思索和疑问，成为了许多网站和论坛热议的焦点。

我把国土交与你！是作家在文中深情沉重的期许，更是意味深长的问询。这短短的文字，却能让我们每一个国土资源人静下心去深思，我们能否扛起这重重的期许，能否完成好祖国交付的使命？

答案，是肯定的！

在历史宏大叙事的背后，总有无数的、具体的人与事，值得我们一起记忆和珍藏。几十年来，我们的国土资源管理事业与共和国同行，我们的国土资源工作者通过对土地和矿产资源的调查、整治与开发利用，有力地保障和促进了经济社会的发展，为当代中国的建设和发展作出了巨大的贡献——

汛期来临时，巡逻在地灾危险区域，为群众的安宁日夜守护，却不惜置自身于险境的，是我们可爱的国土资源人；新农村建设中，帮助农民整理土地，指导农民规划新村，引导农民调整农业结构，为改善农民生产、生活条件作出不懈努力的，是我们可爱的国土资源人；西北干旱地区和西南红层地区，筹措资金，忘我劳动，为了让几百万群众喝上清洁饮用水而劳碌奔波、打井找水的，是我们可爱的国土资源人；在荒原，在沙漠，在高山，在大河，背负沉重仪器亲身前往，历尽艰辛发回一组组详细的地理信息数据的，依然是我们可爱的国土资源人；还有那些长期与违法用地、非法采矿等行为作艰苦斗争的国土资源执法者，时常面临暴力威胁甚至生命危险，却从不退缩，为了维护法律的尊严，为了经济社会的可持续发展，始终无怨无悔地坚守着岗位……

可以说，我们每一位国土资源人，都是在磨砺中坚忍，在坚忍中超越，在不懈中行进于人生与时代的旅程，用自己的热情和奉献，真切而激扬地勾勒着历史的细节。

近年来，国土资源管理系统更是涌现出了一大批先进典型。他们有的是科技工作者，有的是国土资源管理部门的领导，还有更多的像韦寿增这样朴实无华、默默奉献的伟大的“平凡者”，他们敬业、自律、无私、奉献，他们怀着对国土资源管理事业的无限忠诚和无比热爱之情，怀着一个国土资源管理者的庄严使命感和强烈责任感，扎根基层，一心为公；在最普通甚至最艰苦的岗位上，无私奉献，任劳任怨，展现着平凡者的伟大精神，展现着新时期国土人的精神风貌。

与此同时，一股学习韦寿增的热潮，更是在八桂大地上奔涌澎湃，并在全国国土资源系统甚至全国各行各业中都引发了强烈关注。韦寿增身上折射出来的质朴而崇高的精神，正在成为全国各级党组织和党员创先争优的价值取向，先进典型的示范带动作用正在不断释放和扩散，为全国各行各业深入推进创先争优、引领社会风尚注入了强大的动力。

【采访手记】 我把国土交与谁？话虽简短，却意味深长。

著名作家毕淑敏，长期关注国土资源，在和我们的交谈中，她曾经满怀深情说过这样一段话：

“在我的心目中，国土资源人，其实就是一群守望大地的人。‘守望大地’这每一个字，都有很深的含义。

‘大’，是指国家之大，虽然我们的领土面积在世界上不是最大的，但却在世界上最好的气候带上，而且这是各民族在漫长的时光里，不断融合发展形成的共同家园，这是我们中国人民的财富，其实也是世界的一笔财富。

‘地’，让我想起了当年在西藏阿里做边防军的日子。我16岁的时候，离开北京，穿上军装。火车不断地向西向西。到了新疆的乌鲁木齐。又换上汽车向西在茫茫戈壁上奔跑了6天以后，到达南疆重镇喀什。这一次汽车不是向地面上的哪个方向行驶了，而是向‘天上’爬去。又经历了6天无与伦比的颠簸，我作为藏北某部队第一批女兵5个人当中的一员，到达了这块共和国最高的土地。这块土地是喜马拉雅山、冈底斯山和喀喇昆仑山聚合的地方，平均高度在海拔5000米以上，它的名字叫做‘阿里’。在高原地区，云朵在脚下飘动，不远处的雪峰峰顶雪白而圣洁。离天如此之近，但我们脚下依然是祖国的大地。

当时，我可能没有想到过这样一个问题：边防军战士用身体筑成钢铁长城，心里想的就是保卫住土地，但是土地被保卫住以后呢？我现在明白了，这块土地被保卫住以后，它的管理、利用和开发，其实是要交给我们国土资源管理战线上的同志们。从这个意义上来说，国土人就是另外一支守卫国土的‘边防军’，你们同样有着神圣的义务，同样要给子孙万代一个交代。这就是‘守’的含义。

‘望’，我们不仅是今天在这块土地上繁衍、生息、过美好的日子，我们还要眺望远方，眺望未来，人类是要可持续发展的，如果没有让这块美丽富饶的土地物尽其用，没有让这块土地焕发出最灿烂的光辉，如果只是在土地上留下废弃和创伤，既愧对我们的祖先，也愧对我们的子孙。让这块土地得到合理的开发和利用，让所有生活在这块土地上的人都能享受这块土地带来的财富、价值，这就是国土人的职责。从某种角度来说，我们是把明天托付给了国土人。”

大地的守望者，这就是人们对于我们国土资源人的期许，更是祖国赋予我们国土资源人的神圣职责！

2. 集聚的力量

2010年11月4日，广西壮族自治区党委书记、自治区人大常委会主任郭声琨就学习韦寿增先进事迹作出重要批示，要求广西国土资源系统认真落实徐绍史部长的重要批示精神。郭声琨书记批示如下：以韦寿增同志为榜样，做新时期国土人。

2010年12月29日，中共广西壮族自治区委员会《关于追授韦寿增同志“自治区优秀共产党员”称号的决定》决定中写到：韦寿增同志参加工作11年来，一直扎根靖西县最边远、最艰苦的安宁乡，对党的事业无限忠诚，对人民群众满怀深厚感情，在平凡的岗位上作出了不平凡的业绩，始终保持着一名共产党员清正廉洁的高尚情操，赢得了广大干部群众的高度评价和普遍赞誉，曾5次荣获靖西县国土资源系统“先进个人”称号……争当干实事、干好事、干群众欢迎的事的好党员、好干部，努力在全区上下形成学先进、赶先进、比先进、争创一流的良好氛围，为实现富民强桂新跨越作出新的更大贡献。

2011年3月20日，国土资源部发出《关于追授韦寿增同志“全国模范国土资源所所长”称号的决定》，决定中写道：为激励全国国土资源系统干部职工坚定信念、振奋精神，牢记宗旨、心系群众，立足岗位、创先争优，始终保持昂扬向上的工作激情，在保障科学发展促进经济发展方式转变中走在前、做表率，为国土资源事业改革发展作出新的贡献，国土资源部决定，追授韦寿增同志“全国模范国土资源所所长”称号。

国土资源部号召全国国土资源系统干部职工都要向韦寿增同志

学习。学习他坚定理想、牢记宗旨、对党忠诚、一心为民的政治品格，学习他扎根基层、忠于职守、爱岗敬业、精益求精的优良作风，学习他严于律己、坚持原则、公道正派、清正廉洁的高尚品德。像韦寿增同志那样，坚定信念，忠于职守，无私奉献，创先争优，以饱满的工作热情、奋发有为的精神和勤奋扎实的工作，努力在平凡的岗位上，创造无愧于时代、无愧于人民的业绩，展示新时期国土资源人的政治本色和精神风貌。

连日来，感动的情绪、提振的士气，弥漫着整个国土资源部机关。继3月25日上午，部机关全体干部职工收听收看国土资源部和广西壮族自治区追授韦寿增同志荣誉称号命名大会暨先进事迹报告会之后，部机关各司局纷纷组织专题会、座谈会，学习韦寿增先进事迹，交流心得体会，并结合实际工作开展各项落实行动，部机关上下掀起一股学习英雄先进事迹、深入推进创先争优工作的热潮。

基层国土所处于国土资源工作的一线，事情多、任务重、强度大，但韦寿增同志十一年如一日，始终坚持做事情“要经得起历史的考验，绝不能让国家受损失，也绝不能让群众吃一点亏”。部财务司、法规司、地勘司、环境司的干部职工们表示，韦寿增身上那种对党和事业无限忠诚、对人民群众无限热爱的高尚品格，给国土资源系统党员干部上了一堂深刻的党性教育课。国土资源管理关系民生大计，做这份工作，就要像韦寿增那样对人民群众饱含深情，把人民的利益看得高于一切。只有勇于担当，做保障民生的实践者，保持求真务实、昂扬奋发的工作激情，才能在保障科学发展、促进两难破解、推进创先争优中，应对各种急难险重任务，始终走在前、做表率。

韦寿增是国土资源战线上的英雄、楷模，他的先进事迹令人感动，但他的英年早逝令人痛心。地籍司的同志在发言中说，“地籍管理重在基层。我们要把自己的工作谋划好、安排好，工作部署和要求上更加以人为本，多为地方考虑。”“我们的工作做好了，就可以减轻基层同志的负担，他们的工作就不会太苦太累了。”

韦寿增所在的乡国土所管理的面积有一百多平方公里，没有配备汽车，他每两周要走遍这一百多平方公里的土地。他那种不畏艰难、精益求精、视工作为生命的优良作风令人敬佩。部执法局、规划司、耕保司、利用司的同志们表示，韦寿增把全身心和全部精力放在干事创业上的拼搏奉献精神，像一面镜子，照出了自己与先进之间思想境界和工作作风上的差距，使他们的思想深受震撼。在保障发展和保护资源中开展国土资源管理，的确很难，但面对困难，少一些无谓的抱怨，多一份静心的坚守，才真正的难能可贵。他们表示，要向韦寿增同志学习，树立在相对艰苦环境中取得一流业绩的信念，要安心岗位、尽职尽责，努力做好本职工作，这样才对得起党，对得起国家和人民。

国家土地督察机构的同志们表示，要用实际行动学习韦寿增，在即将开展的年度例行督察、审核督察中，要坚持原则、依法督察，敢于碰硬，不怕得罪人，要让督察工作经得起历史的考验，用实际行为告慰逝去的英雄。

部纪检组监察局、人事司的干部职工们表示，国土资源管理是廉政高风险部门，事业的发展要求造就一支廉洁从政、纪律严明、克己奉公的干部队伍，韦寿增用实际行动为党员干部树立了为政、干事、做人的旗帜，给大家树立了廉政的标杆，他身上严于律己、清正廉洁的高尚品格，甘守清贫、廉洁奉公的精神风貌值得全系统大力弘扬、学习。国土所所长在行政审批、执法监察等方面掌握着一定的权力，但韦寿增没有滥用、乱用国家和人民赋予他的这种权力，他用手中的权力为自治区重大项目落实征地任务，自己却骑自家的摩托车查看现场；他用手中的权力为老百姓排忧解难，自己的亲属有困难却没有“沾到光”；他用手中的权力服务于国土资源管理工作和当地经济社会的发展，自己却两袖清风、家境清贫。

韦寿增的先进事迹，为全系统开展创先争优活动提供了一份鲜活的教材。部机关广大干部职工表示，要以学习韦寿增同志先进事迹为契机，深入推进创先争优活动，扎扎实实走在前、做表率。同时他们也提出，韦寿增同志是千千万万基层国土干部的代表，在最平凡的岗位从事着极不平凡的艰辛工作，支撑起国土资源管理大厦的根基，对他们要加大关注和关怀力度。部机关应更进一步深入基层、了解基层、关爱基层，他们建议部应尽快研究制定保障基层国土资源所工作的规划，为基层解决实际困难提供帮助。

在广西，各市、县组织机关、企事业单位及人民团体等基层党组织的党员干部，不仅自发组织收看追授韦寿增同志荣誉称号命名表彰大会暨先进事迹报告会，更围绕韦寿增同志的先进事迹掀起了一股讨论的热潮。

南宁市创先争优领导小组办公室副主任潘兆康在收看报告会后说，广大党员干部应以韦寿增同志先进事迹为标尺，树立爱岗敬业、身先士卒、心系群众、刚正不阿的精神，明确进一步做好工作的方向、思路和主要举措，推动创先争优活动取得实实在在的成效。

兴宁区北宁社区居委会71岁的老党员任毓璋在聆听报告时数次湿了眼眶。她表示，在新时代年轻党员中看到了忘我奉献的精神，让人非常感动。不仅年轻党员要向韦寿增学习，老党员也要发挥余热，为首府建设作出更大贡献。

在收看报告会后，北海市北部湾经济区办公室常务副主任韦宏说，要像韦寿增同志那样对待党和人民交代的工作，咬定青山不放松，不达目的不罢休，在项目推进中，不折不扣地执行，不讨价还价地去完成，为北海三年跨越发展工程作出更多贡献。北海团市委副书记徐东明表示，作为青年一代，更要从现在开始，从自己的岗位做起，以奋发进取、顽强拼搏的精神，用心做事，把明确要求自己做和自己应该做、必须做、能够做的事情做实做好。

梧州市在报告会后及时组织党员干部座谈讨论。梧州市商务局党组书记庄扬说：“韦寿增的先进事迹很感人，将激励我们广大党员干部执着地守护国家利益、守护人民利益、守护内心信仰。我们要学习他崇高的精神和品质，并将学习活动贯穿于创先争优活动全过程。”

贵港市港南区副区长余丕清负责该市东环高速公路建设的征地拆迁工作，学习了韦寿增同志先进事迹后，被韦寿增对待群众工作一丝不苟的精神所感动。他深有感触地说：“我们要学习韦寿增为群众利益着想，敢于、善于、乐于面对群众做工作，做到真心对待、真诚处事、真情解决、以理服人、以情感人，把群众利益放在首位，让群众心服口服。”

立足本职岗位，在平凡的岗位上创造出不平凡业绩，是河池市各行各业干部职工收看韦寿增事迹报告会后最深刻的体会。河池市国土资源局副局长陈炳星说出了全体干部职工的心声：“我们要学习韦寿增同志无私奉献、爱岗敬业、鞠躬尽瘁的高尚情操，把本职工作做好。”

韦寿增的名字，连同他的先进事迹和可贵精神，在崇左市干部群众中广为传颂，并引起热烈反响。“他是让党放心、人民满意的国土系统基层干部，是国土战线的正派人、老实人。值得每一位国土系统干部职工学习。”崇左市委组织部副部长、基层办主任李永盛如是说。

昭平县县长陈有辉谈起韦寿增，不无感慨地说：“作为一名基层干部，韦寿增做到了一心一意为人民服务，确实是个优秀的公仆，好样的！他的精神，将激励战斗在工作岗位上的党员干部不断创先争优。”贺州市社科联副主席义华感动地说：“我们要学习他那一丝不苟的工作态度，全心全意服务群众的奉献精神和清正廉洁的高尚品德。我会以韦所长为榜样，努力做好本职工作。”

当天，钦州市国土资源系统1100多名干部职工怀着崇敬和激动的心情聆听了报告会。钦州市宣传部新闻科科长曾开宏说：“要把开展向韦寿增同志学习作为当前的一项重要工作，把韦寿增同志甘于奉献的高尚品德落实到我们的工作中去。”

“我们的工作要经得起历史的检验”，韦寿增的这一句承诺，令玉林市广大党员干部为之震撼。收看报告会后，大家纷纷表示，一定要向韦增寿同志学习，勤勤恳恳做好本职工作，为玉林经济社会发展作出贡献。

防城港市委宣传部、市国土资源局、市供电局等20多家市直和驻港单位，组织职工收看了韦寿增先进事迹报告会，许多同志流下了眼泪。市委宣传部干部黄伟勋说，要以韦寿增同志为榜样，心怀“岗在人在、人在心在”的思想，不论身处哪里、职位高低，都应把本职工作做好，从基础做起，热诚服务、淡泊名利，真正将群众的利益时时刻刻放在心里，想群众之所想、急群众之所急。

来宾市国土资源局全体干部职工收看了报告会。许多干部感慨地说，韦寿增是我们身边的普通人，但他的精神不普通，感动着我们每个人，激励我们奋勇争优、扎实工作、努力创科学发展之先。

来自广西民族大学的党员大学生李晓源表示：“虽然我们无法复制他的工作，但是我们可以传承他的精神，并把这种精神落实到平时的学习、工作和生活中，努力认真地掌握专业知识，全面提高自身的综合素质，做一个坚定的共产主义信仰者和实践者。”

自治区理论界的专家们也纷纷热议韦寿增同志身上所体现出的

2012 年，国土资源部部长徐绍史在广西靖西县为韦寿增事迹陈列馆揭牌

时代精神。广西社会科学院哲学研究所所长、研究员曾家华说：“新时代的英雄应该是具有崇高的历史使命感和责任感的人，韦寿增同志平凡的经历中包含了厚重的历史使命感和责任感，无愧于英雄的称号。”

广西国土资源厅党组书记、厅长肖建刚说：“榜样的力量是无穷的。重大典型就是文化的一种标志，先进文化就体现在先进人物，它代表了一种时代精神和社会对它的一种认同。创先争优选树典型，就是要很好地利用典型的示范作用和标杆作用，让更多的同志学有榜样，赶有标兵。为什么我们抓韦寿增这个典型？就是因为韦寿增这个重大典型，可以说很大地扭转社会对国土、对国土人的评价和看法。过去老讲国土是高危岗位、高危职业，把这些人都说成是吃喝玩乐、吃拿卡要、贪污行贿受贿，好像国土系统都是这么一帮人，首先手中有很大的权力，审批权、使用权、执法权等，这是还没深入我们的体现。这些人长期在艰苦的条件环境下，守护着土地守护着责任，这里面非常多感动的事情。

英雄已逝，精神长存。韦寿增同志留给我们的是一笔宝贵的精神财富，我们一定要用好这笔财富，将英雄的精神传承下去，将英雄未竟的事业继续下去，进一步攻坚克难，破解两难，为国土资源管理事业再立新功。”

“在韦所长的身上，我看到了一名国土人的责任和奉献精神。”3月25日中午12点，刚刚收看完韦寿增同志先进事迹报告会的广东省兴宁市兴田国土资源所职工陈勤，道出了他的心声。

陈勤是兴宁市水口国土资源所原所长陈宏东的儿子。陈宏东与韦寿增一样，因劳累过度病倒在工作岗位上，经抢救无效不幸逝世，年仅42岁。2005年8月23日，中共广东省委追授陈宏东同志为“广东省优秀共产党员”称号。陈勤表示，学习韦寿增同志先进事迹就是要把学习成果转化为信念追求，转化为工作动力，转化为行为准则，以实际行动把他的精神传承下去，这才是对他最好的悼念。“我要在基层国土资源所的岗位上，以韦寿增和父亲为榜样，奋发有为、努力工作，用青春和生命为国土资源事业谱写闪光的人生篇章。”

“韦寿增虽然离去了，但是他留下的是一种精神，一种理念，一种品格，一种力量。”位于中国大陆最南端的湛江市徐闻县国土资源局角尾管理所所长周德勇，与韦寿增同龄。他说，韦寿增凭着对国土资源事业的无限热爱，兢兢业业、任劳任怨，以爱岗之情、奉献之志和满腔正气，用青春谱写了一曲新时期国土人的时代颂歌。“我们要学习韦寿增恪尽职守、求真务实、无限忠诚的精神，将他留给我们的精神遗产转化为行动力，勤奋工作、甘守清贫，争当爱岗敬业、无私奉献的模范。”

“报告团成员以自己的亲身经历和真切感受，饱含深情地讲述了韦寿增同志的先进事迹和崇高精神，让我内心深处受到强烈的震撼。”电话那端，惠州市大亚湾国土资源分局办公室主任王正文深有感触地说，韦寿增以对党的事业的无限忠诚、对人民群众的一往情深、对本职工作的创新创造，书写了一名优秀基层国土资源所干部的高尚品质，是广大党员干部践行科学发展观的典型代表。

王正文表示，作为一名基层干部，今后要在国土资源系统带头学习韦寿增精神，并落实到工作和生活中去，牢记党的宗旨，增强公仆意识，树立严于律己、宽以待人，克己奉公、清正廉洁的优良作风，做一名高尚的、合格的基层国土资源干部。

学习的热潮，同样在四川展开。3 月 25 日上午，四川省国土资源系统收看了韦寿增同志先进事迹报告会，广大干部职工受到极大的震撼和教育，这是一曲震天动地的英雄赞歌。

听着报告，感受着他的事迹，不少人被他对国土资源事业的热爱与忠诚，被他那与天地共存的赤子之情感动得潸然泪下。这是一个时代的英雄，他用平凡得不能再平凡的人生在国土大地上书写了忠诚。

四川省国土资源厅领导表示，韦寿增是千千万万国土资源干部的楷模。他默默无闻，扎根在基层，支撑起了国土资源事业；他负重前行，以生命为代价塑造了国土人的光辉形象；他恪尽职守，始终以战斗的姿态捍卫着耕地“红线”和资源安全，是广大基层国土人的真实写照。四川省国土资源厅干部职工纷纷表示，韦寿增舍小家顾大家，群众民意高于天，满腔热忱地为群众办实事、办好事，真正践行了一个共产党员全心全意为人民服务的宗旨。他清贫一生，廉洁自律，面对利益的诱惑，坚决抵制，弘扬了国土人的凛然正气，值得我们大家认真学习。

在四川，成都、德阳、自贡、阿坝等21个市（州）国土资源局迅速行动起来，向英雄学习。绵阳、德阳国土资源局的领导说，韦寿增同志和前不久获全国国土资源系统先进工作者荣誉称号的安县国土资源所所长马银国同志，都是来自最基层的国土资源管理工作者，他们是忠于职守、无私奉献的杰出代表，韦寿增同志是全国国土资源系统干部职工的学习楷模。

“韦寿增，好样的，他和李荣江一样，都是我们国土人的榜样！”3月25日，当浙江省天台县平桥国土资源所所长林华收看了韦寿增同志先进事迹报告会后时，话语中满是钦佩和敬仰之情。

“韦寿增立足本职，11年如一日；李荣江扎根基层，把贫困村建设成小康村，真不简单。”林华打开了话匣子，“韦寿增和李荣江工作不怕苦，不怕累，就是因为心里装着群众，时刻想着群众。”

平桥国土所是一个中心所，管辖一镇两乡，总面积300平方公里。该所主动与平桥镇派出所、城建规划所联系，每周二、四到偏远的雷峰乡、三州乡联合办公，深受群众欢迎。“我们将进一步完善预约服务、延时服务、AB岗制度、捆绑式考核等举措，以实际行动向韦寿增学习。”对此，林华信心满满。

“征地难，征地累。韦寿增同志一丝不苟的工作态度尤其值得我们总结推广。”城关国土所所长庞世茂如是说也如是做。该所管辖范围是天台县经济发展的中心，重点项目、重点工程多，征地任务特别繁重。今年104国道改建工程即将开工，需要征地1500余亩。春节刚过，全所人员就放弃休息时间，全身心投入到工作中来。由于涉及征地补偿费用，老百姓对土地面积很是关注，有时还拉扯着重复丈量好几回。“对于群众提出的复核要求，我们一一满足，同时每一个数字都大声重复三遍，并由两人记录核对。一天下来，嗓子喊哑了，群众放心了。不过与韦寿增相比，我们做得很不够。”目前，全所已丈量土地800余亩，丈量结果全部得到被征地农民的认可，无一异议。

“远学韦寿增，近学李荣江。我们的目的就是运用榜样的力量，引导树立正确的价值观、人生观，做到学有目标，赶有方向，进而推动各项具体工作。”天台国土局陈天林局长说。

《韦寿增，一个逝去的同行，大家都来纪念他》——3月24日，一位署名为“阿汤哥”的网友在国土资源论坛上发出的一篇帖子，引发众多网友的共鸣。短短几天内，竟有800多名网友浏览了这个帖子，并纷纷跟帖。3月26日，一位网友在微博上呼吁，韦寿增应该参选2011年度“感动中国”人物，立即赢得众多网友的响应。

韦寿增，这个朴实的壮乡青年，这个“把老百姓的事当成自己的事，点点滴滴装在心中，踏踏实实落实在行动里”的基层国土人，不仅赢得了群众的尊重和爱戴，引发了各地与他一样默默奉献的基层国土人的共鸣，也激发了网友“谁才是新时代的英雄”的讨论和思考。

在韦寿增同志先进事迹报告会上，曾几次实地采访韦寿增事迹的中国国土资源报社社长陈国栋，详细地描述了韦寿增普通一天的工作和生活。韦寿增所做的耕地保护、地质灾害巡查和矿山动态巡查、挂村扶贫，以及被抽调参加征地工作，都是基层国土所的日常工作。他就像千千万万奔忙在田间地头、巡查在地灾一线的国土人一样，身上载着风尘，脚下裹着泥土，在灼灼烈日下眯缝起眼睛。他仿佛还在我们身边，就像我们身边的一位邻家兄弟，一个踏踏实实、默默做着平凡事的“老实人”。然而，正如本报记者陈国章在韦寿增事迹采访体会中写道的：“任何伟大的事业都是由许许多多平凡的事情构成的。韦寿增是平凡的，但他却努力地把每一件关系到百姓切身利益的事，用心、用情认真做好，做得‘经得起历史的检验’，让我感受到了结果上和精神上的不平凡。”平凡并非无足轻重、可有可无，伟大却不显山、不露水。也许，这就是平凡与伟大的辩证法。

韦寿增告诉我们，如何才能活得有尊严。

在国土资源论坛上，署名为“二当家”的网友说：在韦寿增先进报告会上，最让我动容的是他走村串户卖爆米花给妹妹挣学费，他年迈的父母依然住在土坯房。在最艰苦环境中，能够保持从容的生活态度、高洁的精神品质，真是难能可贵。人生的意义不是你得到多少，而是“你的人生要对他人有意义”。

新浪网友“成岳”在微博中，动情地摘录了韦寿增妹妹转述的一段话：“做人要坦坦荡荡，这样才活得有尊严，宁愿自己苦点累点，也不愿意因为金钱而做那些有违良心的事。”成岳写道：“注意，韦华说这段话的时候，声调不高，但台下响起了掌声！大家感同身受！”

微博网友“徐侠客”在评论中国国土资源报官方微博相关报道时写道：韦寿增是大地的儿子，他为事业高扬起生命的旗帜；他懂得在艰苦中守护，也懂得在感恩中付出，他的血液里奔腾着责任和道义；他懂得在喧嚣中放弃，也懂得在寂寞中坚守，他的心中充斥着信仰的尊严和力量！

《中国国土资源报》3月26日的评论员文章被网友竞相转载。文中提到，老百姓的眼泪是“金”。谁能把老百姓的事当成自己的事，点点滴滴装在心中，踏踏实实落实在行动里，老百姓就惦记着他，就会把心掏给他，就能把“金”洒给他。网友“紫非儿”说：百姓心中自有一杆秤。悼念！

在《广西日报》对韦寿增的报道中，有这样一段话：回顾这位多年奋战在边陲乡镇基层干部的一生，惊心动魄的故事实在寥寥。而他的平凡事迹，却令靖西这片曾经充满硝烟、浸透鲜血的红土地，对“英雄”这个伟大词语派生出全新注解。他是新时代的英雄。

在韦寿增的家乡之外，在更广阔的国土上，一场由此引发的“谁是新时代的英雄”的讨论在网络上悄然展开。

网友“薇薇小巫”说：一切归于平凡的年代，“英雄”似乎已经谢幕。可英雄主义、英雄崇拜难以消逝。但是有一点似乎很难做到，如果在一个人活着的时候，“英雄”这顶帽子不是谁都敢发的，戴得起的人似乎也不敢随便接受。这是“英雄”的悲剧，也是社会的悲剧……

网友“海的女儿”回应道：韦寿增戴得起英雄的帽子，因为他活在人们心里了。

网友“木易花蕾”说：“这里危险，让我先上”。多少年没听到这句话了！感动！

网友“仙城卫士”诗意地写道：自信人生二百年，会当水击三千里。岁月流不走你挺拔的身影，岁月带不去你不老的情怀，岁月会铭记你无私的奉献，岁月终将证明你就是国土英雄。

网友“鲁洪波”写道：向天再借五百年，借以祭奠烈士前，江水滔滔不复返，英名长留在世间！

网友“燕尔”跟帖：希望这样的好人更多一些，生命更长久一些，家庭更幸福一些！我更想看到活着的“英雄”！“燕尔”的跟帖，也说出了大多数网友的心声。

韦寿增的事迹，在给众多国土资源工作者以激励的同时，也引起了更多网友对基层国土人工作、生活状况的思考。

网友“网中漫步”在论坛中写道：也曾加班至深夜，也曾劳累无眠……同为基层国土人，与英雄相比才知自己做得还远远不够，向英雄致敬！以韦寿增同志为榜样，做新时期国土人。

他的帖子马上引起了网友们的关注。“阿汤哥”立即回帖：保重身体。希望你有韦寿增的业绩和精神，但不希望你成为下一个倒下去的人。“网中漫步”回复：多谢关心！希望天下的国土人都能够做到“双保”：保证完成工作任务的同时保重身体。

国土资源系统网友“程之”说：像韦寿增这样兢兢业业的同志不在少数，在感动之余，可能还需关注基层国土资源人的工作环境、生活处境……

此言一出，引起了众多网友的共鸣。

网友“自在晏子飞”痛心地在微博中写道：不愿接受一个事实：韦寿增是累死的；不想深究一个问题：活着时，有谁曾关心过韦寿增的待遇？真实的基层国土人的生存状况、工作境遇，不止是让人感动，更是让人揪心啊！死去的韦寿增，得到了最高的礼遇；那么，活着的韦寿增们呢？

网友“九日”表示，应通过对国土资源基层牺牲同志的宣传，让社会各界了解基层国土资源工作者的艰、辛、苦、难，让全社会关心、支持国土资源基层工作者。

英雄已逝，精神长存。就如网友“栀子花开”在帖子中写道的：韦寿增，是千千万万默默辛劳在国土资源一线的优秀代表。他的心很重，因为他把老百姓的事桩桩件件都放在了心中，不做他放心不下；他把自己看得很轻，以至于忘记了身体的极限。最危险的时刻他说“我先上”；最艰难的事他说“我来做”；看似平凡，却顶天立地。谁是中国的脊梁？他就是中国的脊梁！

让逝者的荣耀，激励更多的国土资源工作者矢志不渝，奋勇前行！

【采访手记】各种各样的苦，国土资源工作者都知道是什么滋味。

正是因为不断在荒山僻壤中跋涉，他们更愿意为国家建设奉献心力；

正是因为长年在野外奔波，他们更加热爱安宁稳定的生活；

正是因为深知祖国的种种难全之处，他们无私地捧上自己的赤子忠心。

“国土资源工作很苦，但它关系到国家的建设，再苦再累也得有人干，既然命运把我们推上这个岗位，我们就得把它干好。”老一辈国土资源工作者这样说。

“没有豪言壮语，有的只是默默无闻地、尽职尽责地、认真地去完成自己的工作。我们知道，祖国的荣誉至高无上，肩负的使命神圣光荣。选择了国土资源事业，有欢乐也有痛苦，有汗水也有收获。选择了国土资源事业，也就意味着选择让艰辛与奉献伴随自己的工作和生活。但正是在这里，我找到了自己的人生坐标。”年轻的国土资源人这样说。

这些话语，质朴、简单，但却蕴含着深深的追求，这是国土资源人对事业的执著，也是国土资源人对国家、对人民最深沉的爱。

3. 竖起一面旗帜，带出一支队伍，推动一个事业

2011年9月28日，中宣部、中央文明办等部门作出决定，授予54名同志“全国道德模范”称号，韦寿增作为260名同志之一，获“全国道德模范提名奖”。

韦寿增入选“全国道德模范”候选人，很多国土资源人深感欣慰。有人激动地说：“他是最广大、最基层国土资源干部中的一员，他的入选，不仅是对他个人的肯定，更是对他所代表的那群兢兢业业、

默默无闻、任劳任怨国土资源人的肯定！”

还有国土资源系统的同志表示：“韦寿增入选候选人，我们心中有很强的荣耀感，但更重要的是，得到了心灵的慰藉。在人的一生中，平凡和不平凡的界限并不遥远。韦寿增在他的平凡的岗位上用一种看似平凡的行动，书写了一名国土资源所所长短暂却不平凡的人生。”

很多人认为，投韦寿增一票，就是投他所代表的那群兢兢业业、敬业奉献的国土资源人一票。

全国道德模范每两年评选表彰一届，第三届全国道德模范评选表彰活动于2011年3月启动，推荐候选人36839名，1.13亿人参与投票。经过宣传发动、群众推荐、组织审核、公示投票、综合评定等程序，共评出54名全国道德模范和260名提名奖。韦寿增同志先进事迹广为传播后，全社会反响巨大。在2011年推荐评选全国第三届道德模范活动中，韦寿增在广西向中央文明办推荐的候选人名单中，排名第一位，获得了“全国道德模范敬业奉献模范提名奖。”

2011年8月29日，中共中央政治局常委、国务院副总理李克强同志对韦寿增先进事迹作出重要批示，对韦寿增同志“扎根基层、一生奉献”的事迹给予了高度评价，同时对广泛宣传和深入学习韦寿增的先进事迹提出了新的要求。李克强副总理批示，对于全面深刻地把握韦寿增同志先进事迹的精神内涵，进一步宣传学习韦寿增同志的先进事迹，有着重要的指导意义。

9月3日，徐绍史部长亲笔写信与广西自治区党委书记郭声琨联系，希望协力推进韦寿增先进典型，进一步做好国土资源管理工作。

广西壮族自治区党委和国土资源部党组因势利导，联手行动，在全国国土资源系统和全区各级党组织、广大党员干部中，部署深入开展学习韦寿增同志先进事迹、弘扬韦寿增同志崇高精神的活动。

在此之后，全国各地进一步掀起了学习韦寿增先进事迹的高潮。全国国土资源系统开展了“学习韦寿增先进事迹，立足岗位创先争优”主题活动。广西壮族自治区各单位纷纷开展“学习韦寿增争做爱岗敬业模范”、“学习韦寿增争当岗位标兵”等活动。广西公安系统、教育系统和部分企事业单位利用2011年清明节前往靖西县为韦寿增扫墓，开展先进性教育活动。

广西先进文化促进会自发组织专家、教授和知名人士深度研究韦寿增精神，剖析韦寿增精神内涵和精髓，汇编出版反映韦寿增精神的专集《点亮信仰的明灯》，徐绍史部长和郭声琨书记亲笔为专集作序，在序言中，他们写道：“作为一名普普通通的共产党员，一个名不见经传的基层干部，韦寿增没有惊天动地的业绩，没有振聋发聩的豪言，他的事迹却撼动了八桂大地，撼动了全国国土资源系统，在千万人心中引起了久久的回响，足以说明他的努力和奉献，蕴涵着多么巨大的精神力量和深厚的群众基础。追寻他的成长道路和背景，探析他的思想品德和精神内涵，彰显他的先进事迹，对于教育、激励广大共产党员和干部群众爱岗敬业、全心全意为人民服务，具有十分重要的意义。”

《点亮信仰的明灯》这本理论专著的出版，代表着对韦寿增先进事迹的学习，已经“从面上的宣传报道，转入对其丰富精神内涵的挖掘研究”。广西国土资源厅厅长肖建刚说：“先进文化就要体现在先进人物上，他们代表了一种时代精神和社会认同。如果一个国家、一个系统、一个单位，没有这样代表先进文化的标志性的人物，它就难以体现出文化特色，难以发挥出文化效力。我们就是要将韦寿增所折射出来的新时期国土资源人的精神，转化成为我们系统乃至全社会的共同精神财富。”广西国土资源厅正是通过创新开展学习宣传韦寿增先进事迹的系列活动，有效地激发了全区国土资源系统乃至全社会创先争优的活力。

2011 年 4 月 12 日，广西国土资源厅正式启动“学习韦寿增先进事迹，立足岗位创先争优”主题活动。这次活动的重要内容之一，就是开展一轮关于“国土资源精神”的大讨论，通过各种形式的座谈会，在各个层次进行讨论，深入研究分析韦寿增同志先进事迹的时代特征和精神实质。与此同时，争做韦寿增式国土所所长、创建红旗国土所、争做业务能手和岗位标兵、争做勤政廉政模范以及争创优秀基层党组织、争做基层优秀共产党员等五个方面的系列创建活动也迅速展开，持续掀起了上下学习先进、人人争当先进的热潮。

“通过这些活动，我们在全区国土资源系统牢固树立起新时期国土资源人‘守护国家利益、守护人民利益、守护心中信仰’的价值追求、‘守土有责、守土负责、守土尽责’的职业操守、‘不畏艰难、不惧压力、不图名利’的思想品格。”肖建刚不无自豪地说。

广西各级领导干部走出机关，深入农村、深入基层、深入群众，纷纷表示要像韦寿增那样爱岗敬业、为民服务。自治区启动了党员志愿者创先争优服务行动，组建了 2302 支党员志愿服务队，直接为群众办好事实事。

韦寿增的先进事迹不仅传遍了八桂大地，也感动了全国国土资源系统的干部职工，在千万人心中引起久久的回响。国土资源部机关、直属单位，湖南、山东、河南、天津、湖北、贵州、江西、广东、安徽等省市国土资源部门，纷纷组织专题会、座谈会，学习韦寿增先进事迹。

国土资源部机关、部直属单位、全国国土资源系统的广大干部职工掀起了持续深入地开展向韦寿增同志学习的热潮，2000 多名市、县（区）国土资源局局长分 10 期参加国土资源部举办的培训时，学习和观看韦寿增同志事迹和影视资料是必修课，各级领导干部以学习韦寿增同志先进事迹为契机，将学习教育活动与业务工作深度结合，围绕中心、服务大局、破解“保障发展、保护资源”所面临的“两难”深入推进创先争优活动，扎扎实实走在前、做表率。同时他们也提出，韦寿增同志是基层国土资源干部的代表，在平凡的岗位从事着极不平凡的艰辛工作，正是有千千万万韦寿增这样的同志支撑起国土资源事业发展的根基，对他们要加大关注和关怀力度。

2011年通过开展“创先争优”加强党风廉政建设和推进“两整治一改革”工作，全国国土资源系统违法违纪被处理人数同比下降44%，省级国土资源管理部门行风评议名次上升的占83%。千千万万像韦寿增一样的基层国土资源干部奋战在地质灾害防治第一线，守护着广大人民群众的生命和财产安全，全年成功避让地灾400多起，避免人员伤亡3.5万人，地灾死亡失踪人数和灾毁损失同比均减少90%。通过主动服务山东、河南、河北等地抗旱救灾，找水打井2200多眼，解决220万人饮水和数十万亩农田灌溉问题。

韦寿增身上折射出来的质朴而崇高的精神，正在成为全国各级党组织和党员创先争优的价值取向，先进典型的示范带动作用正在不断释放和扩散，为全区各行各业深入推进创先争优、引领社会风尚注入了强大的动力。

不论是基层的普通一兵，还是身居高位的共和国部长，出于对国家国土资源高度的责任感和使命感，他们的灵魂和行动最终相遇了。一个韦寿增，牵动着千万个继续坚守工作在国土岗位上的国土人。韦寿增的先进精神和事迹表明，使命和责任有时不是一种硬性的宣传和空泛的口号，只有行动，才是最无声的宣传。国土资源，只有守护，才会继续滋养和造福一代代人。

如今，广西靖西县城中心的城东大道上，有一座占地面积达800平方米的崭新陈列馆特别引人注目，这是专门为韦寿增这位普普通通的国土资源所所长建造的。

对于为什么要为一位普通国土资源人设立事迹陈列馆，靖西县委书记黄小宁感慨颇多：“来靖西之前，我对韦寿增已是有所了解，来到靖西工作之后，我就觉得韦寿增的精神是我们壮族人民，也是靖西人民的一笔精神财富。我们建设韦寿增陈列馆的目的，就是想树一种时代精神、时代风范、时代标杆，我总觉得我们生活在一个伟大的时代，但伟大的时代必须有些标志性的东西，要有一些精神上的标杆。我们这方面的标杆太少了，物质上的标杆很多，所以我就觉得像韦寿增这样能够体现一个时代的精神，也体现壮族人民的民族精神以及基层干部兢兢业业、任劳任怨的精神，我们很需要树这样一种精神。所以县委就觉得一定要把这个工作做好。

第二个想法就是寻找一种动力，一种发展的动力，来到靖西之后我也明显地感觉到我们的党员干部大部分都是好的，但是总感觉党员干部队伍当中有些干部对自己生活的意义已经模糊，特别很多干部在很多事情上总是过多计较个人利益，能够一心一意为老百姓干事的总感觉还不够。如何把大家的积极性调动起来，就需要一种动力，像韦寿增这样兢兢业业、扎扎实实为老百姓办事应该成为我们学习的榜样，这也是精神动力的源泉。所以县委县政府觉得要解决干部队伍的作风问题，除了靠我们的制度、监督之外，人内心的激情、感情、热情也需要进一步激发、焕发，韦寿增可以起到这么一个作用。

第三个想法就是树立一种形象，树立党员干部的形象。党员干部的正面形象树得少，在人民群众中的形象需要进一步提升，所以县委县政府觉得要把韦寿增的先进事迹进一步在广大人民群众中宣传，让人民群众知道在我们身边、干部队伍当中还有很多兢兢业业为人民服务的干部，必须要把这个树起来。如果像韦寿增这样用自己的生命为党和人民的事业在牺牲，作为党组织都不维护、不树立，那么谁还来认认真真为党和人民的利益付出？现在广大干部职工到陈列馆去学习，教育效果非常好，干部干事创业的激情被焕发了出来，干部作风得到了转变，很多克难攻坚的问题都能够解决。”

2012 年 3 月 27 日上午 9 时，徐绍史看望慰问韦寿增的亲人后，从韦寿增的家直接来到这里，亲手将广西国土资源厅党组命名的“韦寿增国土所”铜牌授予安宁乡国土资源所现任所长农麻新，亲手将《点亮信仰的明灯》这本探讨韦寿增精神内涵的书——赠送给靖西县的各行业代表，亲自与广西壮族自治区常务副主席黄道伟一起，为韦寿增事迹陈列馆开馆揭牌，并与靖西县 200 多社会各界人士一同参观了韦寿增事迹展。

现在，这座全国唯一的、专门为一名普通基层国土资源人所建造的事迹陈列馆，像一座丰碑，庄严地矗立在祖国南疆百色革命老区的土地上，矗立在千千万万壮族同胞和全国国土资源人的心中。

国土资源部徐绍史部长亲手将《点亮信仰的明灯》赠送给靖西县的各行业代表

【采访手记】

韦寿增虽然离开了我们，但他却永远活在我们心中，他的精神永远伴随我们，鼓舞我们前进，激励我们奋斗追求。我们向他学习，就要从现在开始，从每一件平凡小事，从身边的工作开始。“一万年太久，只争朝夕”，生命每一天都在运动，生命也可以在每一天闪光！

附录

国土资源部《关于追授韦寿增同志“全国模范国土资源所所长”称号的决定》

各省、自治区、直辖市、国土资源厅、副省级城市国土资源行政主管部门，国家海洋局、国家测绘局、解放军土地管理局、新疆生产建设兵团国土资源局、各派驻地方的国家土地督察局，中国地质调查局及部属单位各机关部司局：

韦寿增，男，壮族，广西靖西县安宁乡国土资源管理所原所长，1979年2月出生，1999年8月参加工作，2001年12月加入中国共产党，2010年3月29日在自治区重大项目征地一线，因劳累过度倒在工作岗位上，经抢救无效不幸逝世，年仅31岁。

韦寿增同志是新时期国土资源战线涌现出的优秀代表，是全国国土资源系统干部职工的学习楷模，是立足岗位创先争优的先进模范。他参加工作11年来，始终牢记党的宗旨，一直扎根在最边远、最艰苦的山区，长年奔波在工作一线，守护着国家利益和人民群众生命财产安全。2002年他担任国土资源所所长以来，克服山高路陡、交通不便等困难，坚持每周对非法采矿点及地质灾害隐患点检查2次以上，及时向群众发放防灾避险卡，最大限度地保证人民群众的生命财产安全。他依法办事，刚正不阿，自觉抵制住各种诱惑，顶住压力，坚决同非法采矿、违法占地行为作斗争，仅2009年在他的建议和组织下，全乡共出动356人次对非法矿山进行全面整治，查封矿硐68个，查封非法采石场15处。他恪尽职守、心系群众，对业务工作严谨踏实、精益求精，2009年11月，县里抽调他参与靖西至那坡高速公路征地一线工作，他白天征地，晚上加班录入资料，总共加班400多个小时，将2000多份档案准确录入完毕，把600多宗有改动和不够整洁的测量图重新抄写，并挨家挨户找群众重新确认。他讲的最多的一句话就是："我们做的事情，要经得起历史的考验，绝不能让国家受损失，也绝不能让群众吃一点亏。"他家境贫寒，但从未因家庭困难、生活拮据而丧失道德底线，从不利用国土资源所所长的身份和职务便利谋取私利，始终保持了共产党员的一身正气。韦寿增为保障边区经济发展苦干实干拼命干，累倒在了自治区重点项目建设征地的工作现场。他的先进事迹感人至深、催人奋进，集中体现了新时期国土资源人对事业的赤胆忠心和奋发进取的精神风貌。他用年轻的生命诠释了一名共产党员对党和人民的无限忠诚，以实际行动树立起了一名基层国土资源干部的光辉形象，谱写了一曲新时期国土资源人的时代赞歌。

为激励全国国土资源系统干部职工坚定信念、振奋精神，牢记宗旨、心系群众，立足岗位、创先争优，始终保持昂扬向上的工作激情，在保障科学发展促进经济发展方式转变中走在前、做表率，为国土资源事业改革发展作出新的贡献，国土资源部决定，追授韦寿增同志"全国模范国土资源所所长"称号。

国土资源部号召全国国土资源系统干部职工都要向韦寿增同志学习。学习他坚定理想、牢记宗旨、对党忠诚、一心为民的政治品格，学习他扎根基层、忠于职守、爱岗敬业、精益求精的优良作风，学习他严于律己、坚持原则、公道正派、清正廉洁的高尚品德。像韦寿增同志那样，坚定信念，忠于职守，无私奉献，创先争优，以饱满的工作热情、奋发有为的精神和勤奋扎实的工作，努力在平凡的岗位上，创造无愧于时代、无愧于人民的业绩，展示新时期国土资源人的政治本色和精神风貌。

当前，国土资源管理工作肩负着“保障发展，保护资源”的双重责任，任务光荣而艰巨。全国国土资源系统各单位和广大干部职工要以韦寿增同志为榜样，更加紧密地团结在以胡锦涛同志为总书记的党中央周围，高举中国特色社会主义伟大旗帜，全面贯彻落实党的十七大和十七届四中、五中全会精神，按照“十二五”规划对国土资源工作提出的新要求，坚定信心，扎实工作，求真务实，开拓进取，积极推进国土资源管理制度创新，全面提高国土资源保障能力和保护水平，为实现全面建设小康社会宏伟目标和中华民族伟大复兴作出新的更大的贡献。

国土资源部

2011 年 3 月 20 日

中共广西壮族自治区委员会《关于追授韦寿增同志“自治区优秀共产党员”称号的决定》

近年来，全区各级党组织和广大共产党员在深入开展学习实践科学发展观、科学发展先锋行、创先争优等活动中，充分发挥基层党组织的战斗堡垒作用和共产党员的先锋模范作用，为广西科学发展、和谐发展、跨越发展作出了突出贡献，涌现了一大批先进人物，韦寿增同志就是其中的先进典型。为表彰先进，弘扬正气，自治区党委决定：追授韦寿增同志“自治区优秀共产党员”称号。

韦寿增，男，壮族，广西靖西县人，1979 年 2 月出生，1999 年 8 月参加工作，2001 年 12 月加入中国共产党。生前系靖西县安宁乡国土资源管理所所长。2010 年 3 月 29 日，在靖西县安德镇靖西至那坡高速公路征地工作一线，韦寿增同志因劳累过度倒在了工作岗位上，经抢救无效不幸逝世。

韦寿增同志自参加工作以来，始终做到牢记党的宗旨，爱岗敬业，忠于职守，扎根基层，忘我工作，心系群众，无私奉献，吃苦耐劳，廉洁奉公，用年轻的生命诠释了一名共产党员对党和人民的无限忠诚，以实际行动树立起了一名优秀基层干部的光辉形象。2002 年，他担任靖西县安宁乡国土资源所所长，负责全乡近百平方公里土地的管理工作，他克服任务重、人手少、山高路陡、交通不便等困难，认真制定地质灾害应急预案，坚持每周检查非法采矿点和地质灾害隐患点 2 次以上，并向群众发放防灾避险卡和明白卡，有效防范灾害的发生，最大限度地保证人民群众生命财产安全。在做好国土资源管理工作的同时，他还兼顾新农村建设挂点、计划生育、安全生产监督等工作任务。尤其是2008年实施兴边富民工程行动边境基础设施建设大会战以来，他带领挂点的古庞村干部群众开展项目攻坚工作，使古庞村基础设施建设仅用1年时间实现了大变样。2009年11月，县里抽调他参与靖西至那坡高速公路征地一线工作，他早出晚归，加班加点，细心工作，把600多宗有改动或不够整洁的测量图重新抄写，并挨家挨户找群众再次确认，付出了比其他人多几倍的努力。他家庭困难，家里84岁的爷爷、85岁的姑婆、患精神病的妹妹全靠他抚养，年过半百的父亲患有重病，但他从未因家庭困难、生活拮据而丧失道德底线，从不利用国土干部的身份和职务便利谋取私利，而是自觉抵制住各种诱惑和顶住各种压力，守土有责、依法行政、铁面无私，坚决同违法占地和非法采矿行为作斗争，始终保持共产党人的一身正气。

韦寿增同志参加工作11年来，一直扎根靖西县最边远、最艰苦的安宁乡，对党的事业无限忠诚，对人民群众满怀深厚感情，在平凡的岗位上作出了不平凡的业绩，始终保持着一名共产党员清正廉洁的高尚情操，赢得了广大干部群众的高度评价和普遍赞誉，曾5次荣获靖西县国土资源系统“先进个人”称号。

全区各级党组织和广大共产党员要向韦寿增同志学习。学习他牢记宗旨、坚定信念、对党忠诚、一心为民的政治品格；学习他爱岗敬业、艰苦奋斗、勇挑重担、无私奉献的优良作风；学习他迎难而上、奋力拼搏、改革创新、争创一流的工作干劲；学习他扎根基层、忠于职守、淡泊名利、乐观向上的优秀品质；学习他严于律己、坚持原则、公道正派、清正廉洁的高尚品德。

全区各级党组织要把开展向韦寿增同志学习活动作为当前的一

项重要任务来抓，紧密联系实际，采取有效措施，迅速掀起学习高潮。要把学习活动与学习贯彻党的十七届五中全会和自治区党委九届十三次全会精神结合起来，深入开展创先争优活动。要把他的先进事迹作为党员干部学习的生动教材，把学习成果转化为牢记宗旨、转变作风、服务基层、奋勇争先、创新工作的强大动力。全区广大党员干部要以韦寿增同志为榜样，加强党性修养，弘扬崇高精神，在本职岗位上争当干实事、干好事、干群众欢迎的事的好党员、好干部，努力在全区上下形成学先进、赶先进、比先进、争创一流的良好氛围，为实现富民强桂新跨越作出新的更大贡献。

中共广西壮族自治区委员会

2010 年 12 月 29 日

徐绍史就《一位国土所长的生命答卷》作出重要批示

2010年10月21日，国土资源部部长、党组书记、国家土地总督察徐绍史就《一位国土所长的生命答卷——追记广西靖西县安宁乡国土资源所原所长韦寿增》作出重要批示，要求大力宣传和学习韦寿增同志的优秀品格，大力弘扬国土资源系统广大干部职工的无私奉献精神，激励全系统干部职工始终保持昂扬向上的工作激情，立足岗位创先争优，为国土资源事业改革发展作出新的贡献。

徐绍史部长批示如下：

《中国国土资源报》9月30日一版对广西靖西县安宁乡国土资源所原所长韦寿增的报道，生动感人，是一曲讴歌新时期国土人的时代赞歌。

近年来，全国国土资源系统认真贯彻落实党中央、国务院的一系列重大决策和部署，坚持以科学发展观为指导，以构建保障和促进科学发展新机制为主线，紧紧围绕部中心工作，在抗震救灾、抗旱打井、保护耕地、地质找矿、地灾防治及执法监察等工作中争当先锋，勇作表率，涌现出了一大批先进典型人物。韦寿增同志就是这些先进典型人物中的一员。

韦寿增同志是一名普通的国土资源所所长，他长期工作在第一线，苦干实干拼命干，倒在了为重点建设项目征地的工作现场。他是国土资源系统全体干部职工的好榜样，也是千千万万全系统干部职工的杰出代表。要大力宣传和学习韦寿增同志身先士卒、一心为民、爱岗敬业、清正廉洁、无私奉献的优秀品格，大力弘扬韦寿增同志对党、对祖国、对人民、对国土资源事业无限忠诚的公仆精神，激励全系统干部职工始终保持昂扬向上的工作激情，立足岗位创先争优，为国土资源事业改革发展作出新的贡献。

郭声琨就学习韦寿增先进事迹作出重要批示

2010年11月4日，广西壮族自治区党委书记、自治区人大常委会主任郭声琨就学习韦寿增先进事迹作出重要批示，要求广西国土资源系统认真落实徐绍史部长的重要批示精神。

郭声琨书记批示如下：

以韦寿增同志为榜样，做新时期国土人。

图书在版编目(CIP)数据

生命在大地上闪光 / 陈国栋，马亮，陈国章著. —北京：海洋出版社，2013. 3

ISBN 978-7-5027-8494-2

Ⅰ. ①生… Ⅱ. ①陈… ②马… ③陈… Ⅲ. ①传记文学－中国－当代 Ⅳ. ①I25

中国版本图书馆CIP数据核字(2013)第027424号

责任编辑：鹿　源
责任印制：赵麟苏

海洋出版社 出版发行
http://www.oceanpress.com.cn
北京市海淀区大慧寺路8号　邮编：100081
北京睿特印刷厂大兴一分厂印刷　新华书店经销
2013年3月第1版　2013年3月北京第1次印刷
开本：889mm×1194mm　1/16　印张：14.5
字数：200千字　定价：46.00元
发行部：010-62132549　邮购部：010-68038093　专著图书中心：010-62113110